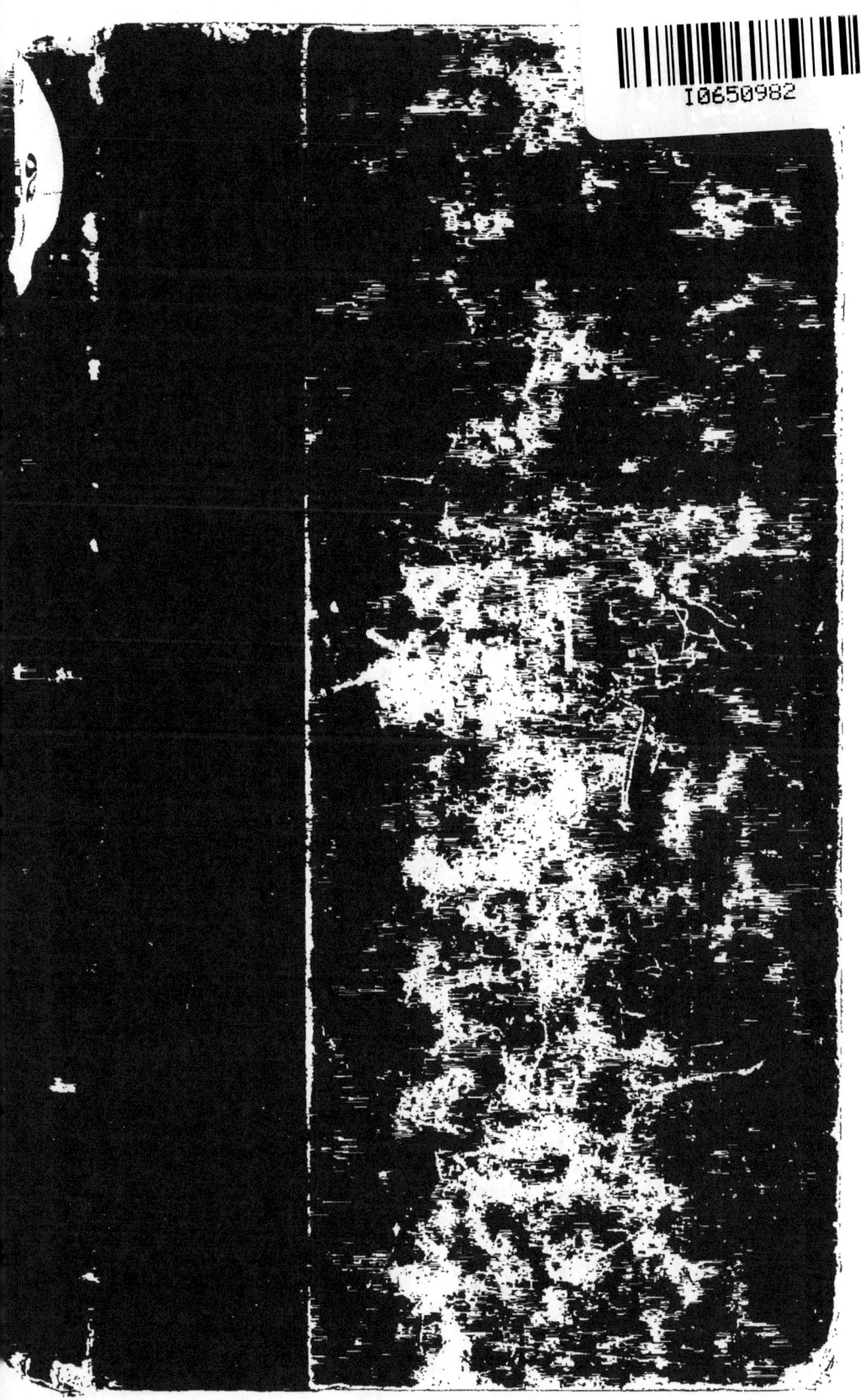

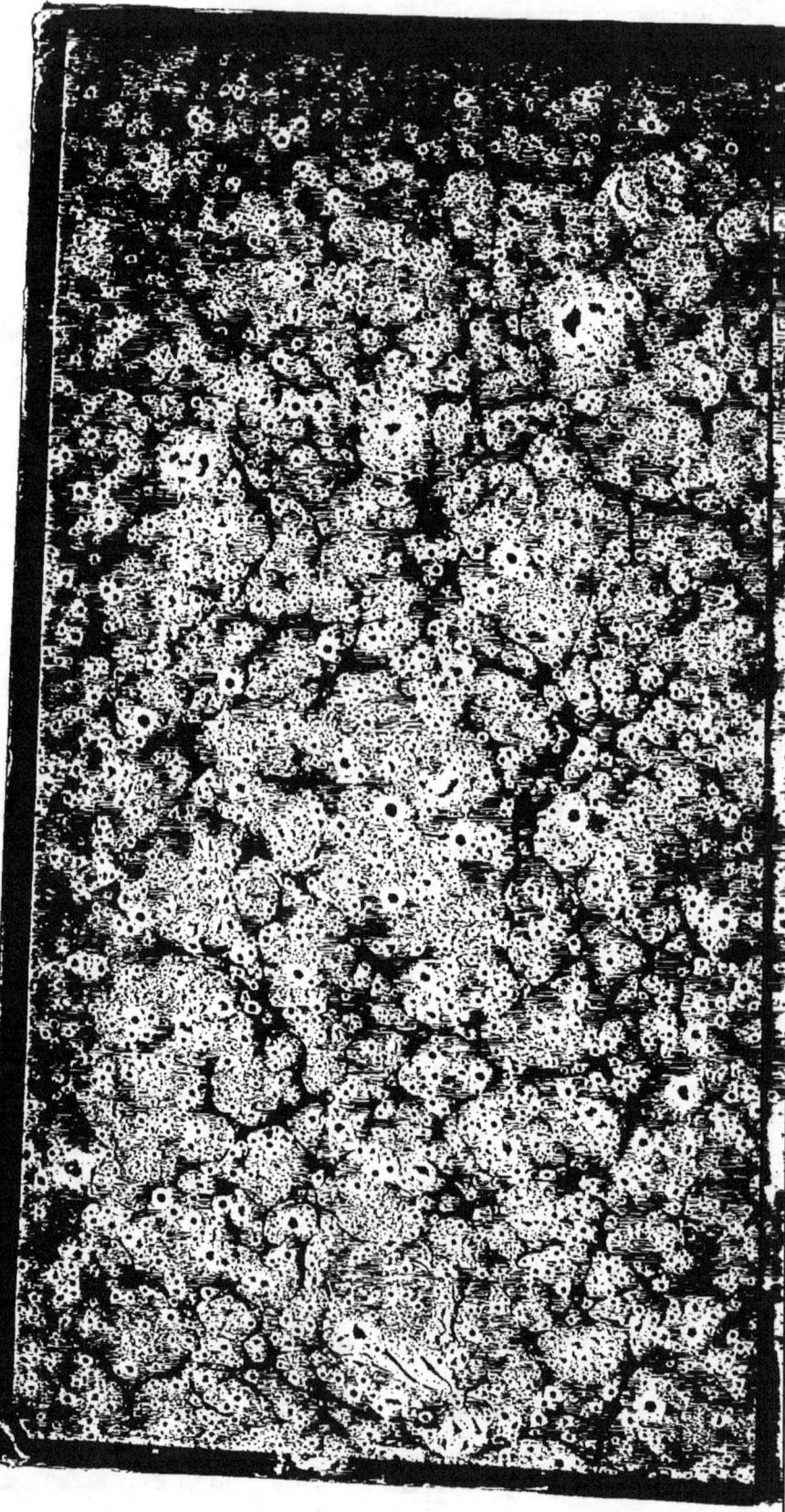

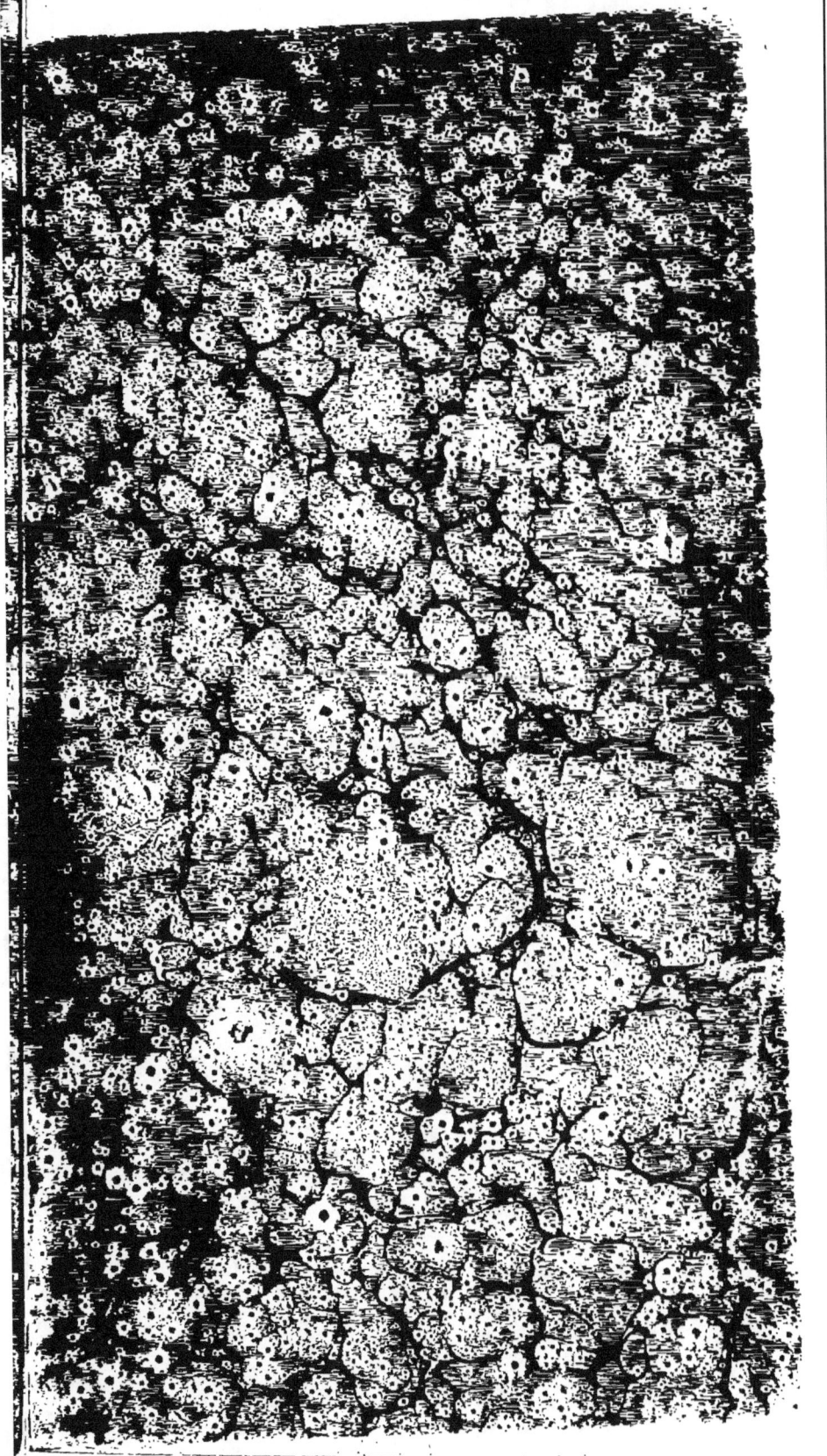

ŒUVRES

DE

J. BARBEY D'AUREVILLY

(8, I)

IL A ÉTÉ TIRÉ DE CE LIVRE

20 exemplaires sur papier de Chine
12 — sur papier Whatman.

Tous ces exemplaires ont été numérotés et paraphés par l'Éditeur

OEUVRES

DE

J. BARBEY D'AUREVILLY

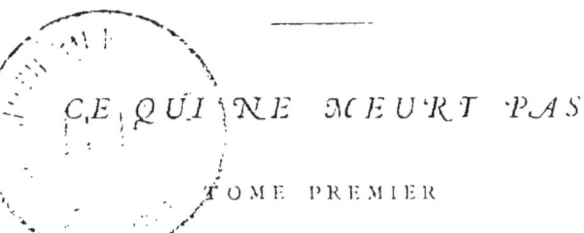

CE QUI NE MEURT PAS

TOME PREMIER

PARIS

ALPHONSE LEMERRE, ÉDITEUR

27-31 PASSAGE CHOISEUL 27-31

M DCCC LXXXVIII

A MON TRÈS CHER AMI

LE DOCTEUR SEELIGMANN

Je dédie cette dramatique nosographie de la Pitié.

Je la lui dédie comme au médecin d'une bonté réfléchie, plus grande encore que sa science, et qui, si les sentiments étaient des maladies, refuserait noblement de guérir les hommes de celle-là.

J. BARBEY D'AUREVILLY

PREMIÈRE PARTIE

CE QUI NE MEURT PAS

—

I

Il y a dans quelques parties de la Basse Normandie — et notamment dans la presqu'île du Cotentin — des paysages tellement ressemblants à certains paysages d'Angleterre, que les Normands qui jetèrent l'ancre de l'une à l'autre de ces contrées purent croire, à ces places du pays qu'ils venaient de conquérir, n'avoir pas changé de patrie. Cette ressemblance, du reste, exerça probablement peu d'influence sur l'imagination farouche de nos aïeux, ces *Rois de la mer,* pour qui la Mer elle-même, avec ses sublimes étendues, n'était qu'une grande route, audacieusement suivie, vers des proies et des pillages inconnus, flairés de loin par ces lions marins, avec leur instinct de pirates... Mais pour nous, qui sommes leurs descendants, pour nous, assis depuis des siècles sur les rivages qu'ils ont gardés, et dont l'imagination moderne aime à contempler à loisir les pays qu'ils n'eurent, eux, souci que de prendre, la ressemblance entre les paysages anglais et les paysages normands, en beaucoup de points, est frappante. Le ciel même, le ciel si souvent gris et pluvieux de notre Ouest, qui nous pénètre si profondément le cœur de sa lumière mélancolique, et nous y met, quand nous en sommes loin, la nostalgie, ajoute encore en Normandie à cette illusion d'Angleterre, et semble quelquefois pousser entre les deux pays la ressemblance jusqu'à l'identité.

Et cela était vrai, surtout, du château qu'on appelait : « le château des Saules ». Parmi tous les châteaux qui se dressaient sur les côtes de la presqu'île du Cotentin, il n'y en avait cer-

tainement pas un qui donnât mieux l'impression de ces châteaux comme on en voit tant
en Angleterre, émergeant tout à coup de quelque lac qui leur fait ceinture et qui baigne
leurs pieds de pierre dans la glauque immobilité de ses eaux. Situé dans la Manche, à peu
de distance de Sainte-Mère-Église, cette bour-
gade qui n'a conservé du Moyen Age que son
nom catholique et ses foires séculaires, entre
La Fière et Picauville, il ne rappelait pas autrement le temps de la Féodalité disparue. Si on
l'avait jugé par ce qui restait des constructions
de ce château, malheureusement en ruines
aujourd'hui, il avait dû être bâti, dans les com-
mencements du XVIIe siècle, sur les bords de
la Douve, qui coule par là en plein marais, et
il aurait pu s'appeler : « le château de Plein-
Marais » tout aussi bien que le château d'en
face, dont c'est le nom. Plein-Marais et Les
Saules, séparés par les vastes marécages que
la Douve traverse, en se tordant comme une
longue anguille bleue, pour aller languissamment se perdre sous les ponts de Saint-Lô dans
la Vire, et trop éloignés l'un de l'autre sur la
rivière qui passait entre eux, ne pouvaient
s'apercevoir dans le lointain reculé de leurs

horizons souvent brumeux, même les jours où
le temps était le plus clair.

Isolées en ces immenses parages, c'étaient
deux demeures aristocratiques et solitaires
qu'il avait fallu même quelque courage pour
habiter autrefois. Autour d'elles, en effet, l'atmosphère de ces marais avait été longtemps
aussi meurtrière que celle des Maremmes de
la campagne romaine, avant l'époque du drame
intime dont ce château des Saules fut l'obscur
théâtre. Il n'y avait pas beaucoup d'années
qu'un drainage intelligemment pratiqué avait
purifié la contrée des influences, presque toujours mortelles, dans lesquelles des générations
de riverains et d'habitants de ces marécages
avaient misérablement vécu, *tremblant,* toute
l'année, *les fièvres,* comme elles disaient, ces
hâves et malingres populations! Mais, vers
l'année 1845, ces populations avaient perdu
l'aspect de langueur et de maladie qui avait si
longtemps attristé l'œil du voyageur quand il
passait par ces marais typhoïdes, et la santé
était revenue là aux hommes comme aux paysages. Assainis par une culture qui en avait
fait une prairie, ces marais offraient alors, à
perte de vue, le spectacle opulent d'une éten-

due d'herbe, pressée, tassée, presque touffue,
où les bœufs qui paissaient en avaient jusqu'au
ventre, de cette herbe plantureusement foi-
sonnante, sur le vert éclatant de laquelle ils se
détachaient vigoureusement dans leurs diverses
attitudes, soit dans la lente errance de leur
pâture, le cou baissé ; soit couchés sur le flanc,
dans la somnolence de leur ruminement et de
leur repos. Ces herbages humides, coupés, de
place en place, par d'étroits fossés d'alluvion
qui mettaient une eau transparente d'opale
dans leur fond d'émeraude, avaient aussi —
stagnantes çà et là — de rondes mares d'eau
pure, qu'ils devaient autant aux pluies fré-
quentes de ce climat mouillé de l'Ouest qu'au
sol primitivement spongieux et au voisinage
de la Douve ; et, à quelques endroits, ces
mares étaient même assez grandes pour former de véritables lacs sillonnés et moirés de
mille plis, aux nuances frissonnantes et chan-
geantes, selon le vent ou le ciel qu'il faisait...
Certainement, une des plus frappantes beautés
de ce paysage de marais, c'étaient ces espèces
de lacs nombreux qui, à l'automne et à l'hiver,
prenaient des proportions grandioses, mais
qui l'été, quoique diminués, ne disparaissaient

pas entièrement, et devenaient, sous le soleil, des semis de plaques métalliquement étincelantes et comme des îlots de lumière. Le château des Saules, qui prenait son nom du bouquet de saules qui l'entourait, avait un grand jardin, fermé du côté du marais, qu'il surplombait de quelques pieds par une longue terrasse, avec sa balustrade en pierre ornée de place en place de ces beaux vases en granit de forme italienne que le XVIIe siècle a mis partout. Les entrées du château et ses grilles armoriées étaient de l'autre côté, du côté des terres; mais de ce côté du marais il paraissait inaccessible dans sa vaste mare bleuâtre, du fond de laquelle il s'élevait comme une blanche fée des Eaux, — et c'était sa poésie!... Ceux-là qui l'habitaient pouvaient, dans ce désert de terre et d'eau, se croire au bout du monde. Même le chemin de fer qui fait chaussée de Carentan à Isigny et scinde en deux moitiés ces marais, devenus des pâturages, est trop éloigné pour qu'on entende dans ce coin de marécage ses insolents coups de sifflet, ou pour qu'on y voie traîner à l'horizon une déchirure de son orgueilleuse fumée. Rien donc, excepté, à de rares intervalles, le cri strident

de quelque canard sauvage ou de quelque sar-
celle, ne troublait l'épais silence de ce château,
fait, à ce qu'il semblait, pour la rêverie des
âmes profondes ou le mystère des âmes pas-
sionnées qui auraient voulu s'y cacher...

Ce soir-là, — car c'était un soir, et même
un soir d'été, plus chaud en ces lieux décou-
verts par la raison qui les fait plus froids quand
il fait froid, — le château des Saules jetait, par
ses fenêtres longtemps fermées, mais en ce
moment-là rouvertes, des bruits d'instruments
et de voix qui disaient que la vie — la vie du
monde — était enfin revenue à ce château
depuis longtemps déshabité. Le soleil — un
soleil d'Août — n'atteignait plus que d'un
rayon oblique les eaux tièdes de ces lacs multi-
pliés qui, tout le jour, avaient été ses miroirs
ardents. A cette heure de tranquille vesprée,
les libellules, qu'on appelle dans le pays des
demoiselles, ces tournoyantes et azurées han-
teuses de marais, lasses de leur immatériel
patinage sur le cristal des eaux torpides, dan-
saient, avant de rentrer dans leurs joncs, leurs
dernières valses, aux souffles mourants du cré-
puscule, quand un jeune homme, tête nue,
descendit le perron du château des Saules et

vint s'asseoir, à l'extrémité du jardin, sur un
banc placé au bord de l'eau dormante, qui, par
ce côté, l'étreignait de ses plis. Ce jeune
homme était d'une beauté presque divine. Il
avait cet âge hermaphrodite d'entre l'adolescence et la jeunesse, qui participe de toutes les
deux et qu'on dirait un troisième sexe, pendant le peu de temps qu'il dure; — car la
beauté de cet âge dure encore moins que la
beauté si vite évaporée des femmes. Une fois
la virilité venue, cette beauté délicieuse et
périssable disparaît, et, même dans l'homme
le plus beau, on n'en reconnaît pas la trace.
Ce jeune homme, ce soir-là, semblait le Génie
pensif de la Solitude en personne. Seulement,
s'il avait cru la trouver là, son espérance fut
trompée. Une voix, plus légère et plus pure
que le flot d'air qui l'apporta, prononça deux
fois le nom, étranger à ce pays, d'*Allan*. Si la
rosée faisait du bruit en tombant dans le
calice de la fleur, elle aurait cette douceur
céleste.

Cette voix devait appartenir à un être encore plus immatériel que la femme, à une
enfant destinée à être femme un jour, à la
blanche aube qui allait devenir une aurore.

C'était la voix d'une petite fille. Hélas! pour
peu que la main gourde de l'homme ait touché
aux cordes de l'instrument merveilleux, il n'a
plus de retentissements pareils.

Et l'enfant de cette voix accourut près de
celui qu'elle avait appelé *Allan*, et, lui mettant la main sur l'épaule et n'y pesant non
plus qu'un oiseau :

— « Voyez! — dit-elle avec essoufflement. —
Oh! j'ai bien couru pour l'avoir, mais enfin je
l'ai prise, la bleue demoiselle. Voyez! Allan.
Est-elle d'un assez beau bleu!... »

Et elle entr'ouvrit avec précaution les doigts
de son autre main pour montrer à Allan tous
les trésors de sa conquête; mais le jeune son-
geur, avec la distraction stupéfaite de quelqu'un
qui s'éveille, avait retiré son front du creux de
ses mains où il l'avait plongé, et il semblait
ne rien comprendre à ces joies d'enfant qu'il
avait oubliées, quoiqu'il ne fût qu'un adolescent encore.

Et l'enfant, voyant la maussade indifférence
d'Allan pour le triomphe dont elle était si
joyeuse, s'arrêta dans la brillante énumération
des qualités de sa captive à l'effilé corsage
d'azur; pauvre et charmante torturée qui se

débattait au fond de sa fournaise, dans le
calice écarlate d'une capucine épanouie.

— « Va-t'en donc! ma pauvre gentille, puisqu'il ne te trouve pas jolie... » — dit la fillette,
avec dépit et tristesse, en lâchant l'insecte et
la fleur. Et sa tête se pencha, découragée, sur
son épaule. Il y a donc des déceptions cruelles
à quatorze ans! Le regard dédaigneux d'Allan
avait rendu tout honteux le front heureux de
la petite fille, comme l'aurait fait un reproche
de mère. Il vit bien qu'il l'avait blessée, et ce
n'était pas seulement à la main, trop durement
étreinte en l'écartant; c'était au cœur, plus dé-
licat encore. La susceptible enfant ne dit pas
un mot et fut pour s'éloigner, mais Allan, qui
se reprochait sa violence, la retint doucement,
la main dans les siennes, et la regardant, cette
main qu'il avait rougie et qu'il baisa :

— « T'ai-je fait mal ? — lui demanda-t-il avec
inquiétude.

— Non ! — dit-elle, en mentant fièrement.
Mais sa physionomie, si ouverte il n'y avait
qu'un moment, s'était refermée, et ses char-
mants sourcils s'étaient froncés.

— Pardonne-moi ce mouvement involontaire,
— reprit Allan avec insistance ; — pardonne-

moi si j'ai été cruel. Depuis quelques jours, ma disposition d'âme est si misérable que je ne suis vraiment pas digne de jouer avec toi. Laisse-moi, je t'en prie, ma chère Camille. Rentre au château. Le froid du soir va tomber tout à l'heure. Moi, j'ai besoin d'être seul encore. Va! bientôt je te rejoindrai. »

Elle l'écouta et partit lentement, mais rigide, froide et muette. On voyait qu'elle n'avait rien accepté des paroles réparatrices d'Allan. Seulement, la pensée qu'elle emportait ne transpira pas. Elle s'en alla, l'index de sa main gauche entre ses lèvres devenues sérieuses, et le regard oblique et sombre... Il y avait, à côté des joies fraîches et vives de l'enfance, quelque chose de profond qui étonnait dans cette petite de quatorze ans. Camille, comme on le voit, était à cet âge où les jeunes filles ont le moins de charme, et où elles cachent traîtreusement sous les signes d'une puberté incertaine et la maigreur des contours, ce fléau de beauté qui doit plus tard frapper les cœurs. Ne dirait-on pas que cet âge sans grâce est une première ruse involontaire de ces êtres, plus tard si sournoisement et si volontairement rusés? On ne se défie de rien, et tout à l'heure

la terrible beauté va jaillir! Cette beauté, on
la pressentait dans Camille. On la pressentait
à l'ovale de son visage et à de grands yeux
noirs, beaux et brillants comme le matin d'un
jour d'orage. Ils étaient rapprochés d'un nez
qui eût été d'une pureté grecque sans l'ouverture palpitante des narines, trait saillant et
inquiétant d'un visage idéal sans ce trait. Les
cheveux de Camille étaient de ce roux adoré
aujourd'hui, mais qui, dans ce temps-là, faisait
le désespoir des mères. Pour les lui brunir, la
sienne les lui passait au peigne de plomb et
les lui faisait porter coupés très courts et sans
boucles, comme ceux d'un garçon. Garçon,
c'était elle qui semblait l'être quand on la regardait auprès d'Allan, et c'était Allan qui,
sous ses habits de garçon, à force de beauté,
semblait la jeune fille. Lorsque le jeu ne l'ani-
mait plus, cette garçonnette, et que, par
hasard, elle était assise dans le salon aux
côtés de sa mère, on ne pouvait pas reconnaître la fougueuse enfant du jardin dans cette
autre enfant silencieuse, qui soutenait languissamment, dans des mains pleines de morbi-
desse, cette folle tête rousse devenue tout à
coup si pensive.

Elle avait regagné le château. Allan, comme
ce soir-là, ne l'avait pas toujours repoussée
quand elle venait à lui, l'invitant à ses jeux
naïfs. Élevés presque à côté l'un de l'autre et
sous le même toit, séparés seulement par trois
années qu'Allan avait de plus qu'elle, ils
avaient déjà, depuis qu'ils étaient dans ce
pays, passé bien des heures ensemble en ces
marais solitaires ouverts à leurs promenades
oisives, cherchant les fleurs rares au bord de
ces flaques, étoiles d'eau qui criblent et con-
stellent ces marécages et en font comme une
vaste mosaïque de cristal aux incrustations
lumineuses. Souvent, dans la liberté qu'on leur
donnait ou qu'on leur laissait prendre, ils des-
cendaient jusqu'à la Douve, qui est assez loin
du château des Saules, et ils arrachaient à ses
anses les nénuphars, ces lys des rivières som-
meillantes... Ils en rapportaient des guirlandes
au château. Longues promenades des premiers
jours de la vie dont le souvenir reste au cœur
longtemps, mais dont la douceur ne se sent
bien que dans le passé, c'est-à-dire tout em-
poisonnée!... Ces promenades et ces tête-à-
tête d'enfants qui vont être un homme et une
femme demain, ont une secrète ivresse, même

pour l'innocence. La ressentaient-ils, cette
ivresse? Quand ils vaguaient ainsi, à cœur de
journée, en ces campagnes où ils ne rencon-
traient personne, ne s'inquiétaient-ils que de
vivre? Vivaient-ils simplement et inconsciem-
ment comme la fleur qui s'ouvre et s'épanouit
sous le rayon qui la vivifie, comme les mille
créations qui les entouraient et qui palpitaient
sans savoir?... Lorsqu'ils parlaient à voix basse
entre eux, leurs voix baisaient-elles l'air qui coulait entre leurs jeunes têtes avec des lèvres
aussi fraîches que celles de la brise, cette
cruelle coquette à qui les fleurs ne peuvent
rendre les agaçantes caresses qu'elle leur fait?
Et quand Allan passait son bras autour de la
taille de couleuvre de l'onduleuse Camille,
était-ce comme le lierre autour de l'arbre qu'il
étreint sans rien réchauffer?...

Des imprudentes mères de ces enfants, la
mère d'Allan, si elle avait vécu, aurait été la
plus coupable... Son fils avait les troubles, les
rougeurs, la tête penchée d'un âge qu'on peut
regarder comme un second enfantement à la
vie. Imagination d'une telle plénitude qu'elle
se passait d'aliments et qu'elle se nourrissait
d'elle-même, Allan, dont les études étaient à

peine terminées, répudiait toute espèce de livres. Les poètes, ces fées divines des contes qu'il nous font, avaient peu de merveilles pour lui, qui dédorait en les lisant leurs pages les plus reluisantes. Ce dont on pouvait douter dans Camille, on ne pouvait en douter dans Allan. Cette panthère qui couche dans l'antre du cœur de l'homme s'éveillait dans le sien, et lui mettait sa griffe au front. Il souffrait du mal d'avoir dix-sept ans.

Ses yeux n'avaient déjà plus, s'ils l'avaient jamais eu, l'éclat matinal des yeux de Camille. Les siens roulaient voilés sous une paupière mi-close, comme ceux d'une indolente sultane au sortir du bain. Au-dessus de cette paupière, entre de longs sourcils imperceptiblement froncés par une rêverie continuelle, se creusait un pli, expirant sillage de la pensée mystérieuse enfermée dans ce front, semblable à une coupe voluptueuse par la forme et la grâce de son adorable contour. La mère d'Allan, une anglaise, avait, disait-on, passé les neuf mois entiers de sa grossesse à regarder avec une obstination superstitieuse le portrait de lord Byron, dont elle était folle, et ce front de génie, — où la pruderie épouvantée de l'An-

gleterre voyait le *coin de la démence* dans un
de ses angles, hardiment prolongé sous la
masse des cheveux bouclés qui le couronnaient,
— ce front, à la fois charmant et sublime,
elle l'avait donné à son fils. C'était là ce qui
sautait aux yeux de qui regardait Allan pour la
première fois, et ce n'était guères que plus tard
qu'on s'apercevait des originales beautés d'un
visage qui ne ressemblait qu'à lui-même. Habituellement, les yeux d'Allan étaient mornes
comme le sont presque toujours les yeux de
ceux qui regardent plus dans leur cœur que
dans la vie; mais à la moindre émotion ou au
moindre caprice de ce jeune homme à l'âme
plus passionnée que forte, et qui deviendrait
peut-être robuste avant d'avoir un caractère, il
partait de ses larges prunelles mates un dard
de lumière, comme le trait d'or d'une étoile
qui file dans un ciel noir, à travers les branchages plus noirs encore d'une forêt. Allan
portait, ainsi que Camille, le cou nud et les
cheveux coupés court. Seulement, dans sa *titus*
hardie, Camille montrait les cheveux droits et
drus d'un garçon, tandis que les cheveux d'Allan étaient naturellement annelés et tassés
autour de sa tête brune comme s'ils eussent

été des cheveux de jeune fille, et, par ce contraste singulier, ces deux enfants donnaient
une fois de plus l'illusion à laquelle on se prenait sans cesse quand on les voyait, de leurs
deux sexes transposés.

Depuis quelques mois, Allan avait montré
une tristesse, ou, pour mieux parler, une iné-
galité d'humeur qui rejaillissait jusque sur
Camille. La cause de ce changement était inconnue aux habitants du château des Saules.
Parmi toutes les femmes qui étaient venues y
passer l'été, parmi toutes celles qui regardaient ce beau rêveur, dont la beauté faisait
peut-être naître la rêverie aussi dans leurs
âmes, il devait y en avoir au moins *une* qui eût
pénétré le secret d'Allan ; car, en étudiant ce
frêle et presque transparent jeune homme,
chez qui les émotions montaient du fond à la
surface, il était facile de s'apercevoir qu'il y
avait en lui autre chose que des mystères d'organisation. D'ailleurs, est-ce qu'au début de la
vie et à l'âge d'Allan on pourrait voiler quelque chose à celle qui fait tout éprouver ? Plus
tard, même, est-il bien sûr de se fier à un
masque ? Il serait d'airain, il serait de marbre,
que ces regards de femme qui semblent si

doux et qui sont si pénetrants, perceraient
aisément l'airain et le marbre pour voir dessous le sentiment qu'elles auraient inspiré et
qu'on leur cacherait le plus.

Allan resta si longtemps sur le banc où il
s'était étendu, qu'il ne s'aperçut du tomber du
jour que quand le dernier pan de la robe pur-
purine du soir ne flottait plus à l'horizon, où
il traîne souvent encore quand le soleil a disparu. L'obscurité, qui engloutit tous les objets,
était d'un tel accord avec ses pensées qu'il
serait resté encore longtemps à la même place
s'il n'avait pas entendu des pas près de lui. Il
crut que c'était Camille qui revenait.

— « Est-ce vous, Camille?... » demanda-t-il.

Mais une voix qui n'était plus la musicale
voix de l'enfant, — une voix que l'expérience
de la vie avait brisée (on l'eût dit, du moins,
en entendant ses intonations profondes et un
peu creuses), répondit : « Non! ce n'est pas
Camille ». Et cette voix, d'un timbre altéré, fit
bondir Allan, debout à l'instant, comme l'irrésistible appel d'un chant de syrène.

Une femme d'une grande taille s'avança :

— « Que faites-vous donc, Allan, tout seul, à
cette heure? — dit-elle. — Est-ce que la rosée

de la nuit qui est glaciale n'aurait pas dû vous
faire rentrer? Camille, que j'ai vue, boude
dans un coin du salon. Est-ce que vous auriez
eu quelque querelle avec ma fille?...

— Non! Madame, — répondit-il, comme un
écolier coupable, et son accent était si tremblant qu'on aurait juré qu'il mentait.

— Alors pourquoi ne pas revenir?... Pourquoi vous être enfui tantôt du salon? Pourquoi
devenez-vous si sauvage?... Tout le monde se
plaint de vous au château.

— C'est que tout ce monde m'ennuie! —
répondit-il avec lassitude.

— Oh! vous êtes un trop grand poète pour
nous, Allan! » — fit-elle, et sa voix s'empreignit
d'une légère ironie. Mais l'intention de cette
ironie fut trompée, le silence revint, et elle
ajouta, d'un ton plus vrai :

— « Savez-vous que je suis inquiète, Allan?
J'ignore ce qui se passe en vous, mais vous
avez l'air de beaucoup souffrir. Êtes-vous malade, mon ami? Ou, si vous ne l'êtes pas,
pourquoi cette inexplicable morosité?... Con-
fiez-moi ce que vous avez. »

Et l'implacable prit la main brûlante du
jeune homme dans sa main de glace.

— « Non ! jamais ! — fit-il, en retirant impétueusement sa main, et il se sauva dans le bouquet de saules qu'il avait derrière lui, mais on entendit ses sanglots.

— Pauvre enfant ! » — murmura-t-elle. On ne pouvait voir son visage, et elle reprit à pas lents l'allée qui conduisait au château.

II

L château des Saules — qui, dans les temps anciens, ainsi que la plupart des châteaux du Moyen Age, avait dû être quelque formidable nid de guerre, caché comme une embuscade dans ces marais du Cotentin, alors d'inexpugnables fondrières, mais qui, détruit après les guerres religieuses du XVI° siècle, avait été rebâti au commencement du XVII° et transformé en une demeure spacieuse et pacifique, — appartenait en 1845 à la comtesse Yseult de Scudemor, veuve du dernier

descendant de la vieille famille normande de
ce nom et dont la vie, fort courte, s'était
écoulée hors de France, dans les hauts emplois
de la diplomatie auprès des cours étrangères.

Cette comtesse de Scudemor, épousée au
loin et qui n'était pas du pays, mais qui y
avait séjourné avec son mari quelque temps
après son mariage, y était revenue avec sa fille
depuis plusieurs mois. Par quoi y avait-elle été
attirée?... Le temps qu'elle avait passé là avec
son mari avait été trop court pour qu'elle en
pût garder un bien profond souvenir... Quand
elle avait reparu aux Saules, le monde des
châteaux circonvoisins l'avait presque oubliée.
D'ailleurs, elle était si changée, que ceux qui
l'avaient entrevue autrefois ne l'eussent probablement pas reconnue si, à l'avance, ils n'a-
vaient su que c'était elle. Son absence, ses
voyages, la dispersion dans de lointains climats de tous ces dons de beauté, de tout cet
éclat de jeunesse qu'on lui avait connus et
qu'elle semblait y avoir laissés; cette enfant
qu'elle appelait sa fille, et dont on n'avait pas,
dans le pays, su la naissance; cet adolescent
qui l'accompagnait et à qui elle ne donnait
que le nom écossais d'Allan, tout cela l'en-

tourait d'on ne savait quel mystère difficile à percer; car sa réserve, pleine de noblesse, mais froide, ne permettait jamais à l'observation la plus attentive de pénétrer dans sa pensée et d'en surprendre les secrets.

C'était une femme d'un charme étrange et silencieux. Le monde, auquel elle imposait, — même sans le vouloir, — la disait distinguée, et mettait généreusement sous ce mot, banal maintenant, de distinction, le respect d'un esprit qu'elle ne lui montrait pas. Si elle en avait, en effet, elle ne s'en servait point. Elle était aussi désintéressée de cet esprit qu'on lui attribuait que de la vie, et elle n'en faisait pas une arme contre la sienne, qui lui avait été peut-être cruelle... Quoiqu'elle eût encore assez de cette beauté qui suffit aux femmes pour tenir à la vie, elle avait le calme indifférent, qui ne se vante ni ne se plaint, d'un être détaché de tout. Elle en avait le naturel et la simplicité. Probablement à cause de son extrême froideur, les femmes ne l'aimaient pas, quoiqu'elle ne jalousât en rien des succès de vanité auxquels elle ne prétendait plus. On lui supposait des opinions très hardies. Avez-vous remarqué que le monde

1.   4

suppose toujours des opinions très hardies à
ceux qui n'ont pas l'air de tenir les siennes en
grand respect? Il faut être si osé pour cela!
Mais, cette assertion hasardée, on n'aurait
guères pu la justifier par des faits. Dans le
monde, la comtesse Yseult de Scudemor avait
l'habitude de ne se mêler à la conversation
que quand elle roulait sur des sujets généraux
et vagues. Agissait-elle ainsi par mépris ou par
indolence? Avait-elle peur de trahir, dans
l'entraînement de la causerie, quelque pensée
ou quelque sentiment, et d'entr'ouvrir ainsi
une perspective sur sa vie passée? On ne
savait, et l'imposance de toute sa personne
était telle qu'elle eût dérouté, du premier
coup, le plus insolent observateur.

Mais, pour qu'il en fût ainsi, la comtesse
de Scudemor ne faisait aucun effort sur
elle-même. Toute sa personne avait cette
expression patricienne qui respirait dans ses
traits tranquilles. La moindre contraction ne
s'y montrait pas. Elle n'avait ni dédain, ni
langueur. Ses manières — les manières, qui
sont les attitudes de l'esprit, comme les attitudes sont les manières du corps, — étaient
lentes jusqu'à la nonchalance, mais elles

n'étaient pas nonchalantes. Son parler sobre
et ses expressions presque sans couleur seyaient
à sa voix aux trois quarts éteinte... Imagination sans doute, comme toutes les femmes,
mais qui s'était endormie, la tête sous son
aile, à ces fatigantes cinq heures d'après-midi
dans la vie, et que le monde ne réveillait pas
de son assoupissement. Elle était toujours
vraie avec les autres, mais de la vérité des
insignifiances; car on a besoin de l'intérêt
d'un sentiment quelconque pour être faux. Ce
qui frappait le plus en madame de Scudemor,
c'était un calme pour ainsi dire immense.
Quand son sérieux ordinaire se fondait, au
souffle de quelque mot spirituel, au contact
de quelque approbation gracieuse et légère,
dans un sourire rare et tari aux contours de
la bouche offensée par une ride déjà perceptible, ce sourire ne semblait pas toucher au
calme sur lequel il passait, rapide... L'eau parfois ondule, aux lacs les plus aplatis, sous le
pied trop rapproché d'une mésange qui vole le
long de leur surface unie, — mais à cette glace,
plutôt qu'à ce lac, à cette glace immobile, rien
n'était pied de mésange, et le cristal plus solide
ne s'entamait pas... Alors, il y avait, beaucoup

plus dans la façon de dire de madame de
Scudemor que dans ce qu'elle disait, une
amabilité ineffable; et c'était le mot, puisque
cette amabilité ne se parlait pas. Cependant,
d'insaisissables nuances en elle n'auraient pas
dû s'y révéler; car ses traits faits si bien pour
exprimer l'énergie, la force reposée qui coulait de son beau front à ses pieds nerveux,
dignes de s'appuyer sur un socle, éloignaient
d'elle toute idée de vague rêverie, exilaient
d'elle toutes les angéliques spiritualités de la
poésie, mélodie de harpe qu'un pouvoir inconnu tire parfois d'un instrument de cuivre,
brumes mélancoliques d'un soir avancé, à travers lesquelles un dôme de bronze peut perdre
de son austérité rigide!

Mais les gens du monde ne se rendaient pas
compte, si elles existaient, de ces finesses de
contraste que des observateurs exercés auraient pu seuls apercevoir dans madame de
Scudemor. Les hommes passent auprès d'une
femme de l'âge de la comtesse, parmi toutes
celles que l'on rencontre dans le monde,
comme auprès d'une plante parmi cent autres.
Il n'y a que la fleur qui marque des différences
aux yeux de ces botanistes grossiers. La fleur

fanée, ce ne sont plus que des feuilles vertes
sur lesquelles le regard se pose à peine et qu'il
confond avec toutes celles sur lesquelles elles
ne ressortent pas. Au regard du monde, la
comtesse de Scudemor n'était qu'une femme de
plus de quarante ans, et qui vous écoutait des
heures entières beaucoup plus qu'elle ne vous
parlait, en lissant de l'extrémité de ses doigts
les bandeaux de ses cheveux le long de ses
tempes et de ses joues, où la fraîcheur pâle de
la jeunesse était remplacée par une teinte
orangée, molle encore. A voir, ainsi posée
d'aplomb sur ses épaules, cette tête que la
fierté intérieure ne relevait pas, ou qu'une
pensée triste ne faisait jamais pencher, on
aurait dit une majestueuse cariatide délivrée
de son entablement... « La statue y est toujours, mais la femme n'y est plus », disaient
pour se consoler les hommes dont elle déses-
pérait la galanterie, et que son grand air froid
éloignait d'elle et empêchait de lui faire la
cour. Ils la proclamaient une femme finie. Et,
en effet, elle avait la beauté d'une belle
morte, mais qui n'est pas encore tombée sur
le sol, comme ces grenadiers russes de la
bataille d'Eylau, qui, restés debout dans le

rang, semblaient vivants encore, et qu'il fallut
pousser et renverser pour bien s'attester qu'ils
étaient morts.

La comtesse Yseult de Scudemor avait été
liée autrefois avec la mère d'Allan de Cynthry,
orphelin élevé sous la surveillance d'un tuteur.
En mourant, l'amie de la comtesse lui avait
fortement recommandé son fils, et c'était en
souvenir de cette amie que madame de Scudemor avait rapproché d'elle le jeune de Cynthry. N'a-t-on pas une espèce de pitié maternelle pour l'enfant d'une amie perdue ? Allan
était pour madame de Scudemor quelque
chose d'entre le fils et le neveu, et pourtant ce
n'était ni l'un ni l'autre. Position mixte et
dangereuse, comme le sentiment qu'elle créait
et qu'un lien ne confirmait pas... Du reste,
avec Allan et même avec Camille, la comtesse
Yseult se montrait peu affectueuse. Elle n'était
qu'aimable. Son caractère semblait se refuser
à toute espèce de démonstration extérieure.
S'il en avait été autrement, peut-être ses manières, qui contrastaient naturellement d'une
façon piquante avec le caractère véhément de
sa physionomie, auraient-elles perdu de leur
charme ? Mais aussi voilà pourquoi les âmes

vives, les natures enthousiastes, la croyaient
égoïste. Jugement à faux de tous ces esprits
qui s'élancent à tire-d'ailes ; méprise ordinaire
de ces mains impatientes d'un clavier !

Pour revenir à Allan, madame de Scudemor
comprenait-elle bien le sentiment, ondulation
sereine et douce, qu'elle avait pour lui ?... Un
sentiment se compose souvent de tant de
choses dans nos âmes, de tant d'imperceptibles subtilités, qu'on s'étonnerait parfois de
quels brins de paille cette merveilleuse trame
est faite au dedans de nous, si on les montrait
séparés. Cette mystérieuse trame, qui se tisse
silencieusement et sans que nous nous en
doutions dans nos cœurs, madame de Scudemor savait-elle de quels fils déliés elle était
faite dans le sien ?... Sans doute, le fait de la
naissance d'Allan et de la mort de sa mère
avait été la cause première de l'intérêt qu'elle
portait au jeune de Cynthry. Le monde est
stupide quelquefois, et même ceux-là qui,
comme le monde, s'abusent le moins sur la
réalité des choses et sur leurs apparences
menteuses. Trop souvent on se passionne pour
ces enfants à qui un père ou une mère ont
manqué de bonne heure. On les croit à plain-

dre parce que les douleurs de la famille (qui
a aussi les siennes, comme la société) ne les
atteindront pas un jour, et que, semblables à
de nouveaux autochtones par la mort de ceux
qui leur donnèrent la naissance, ils n'auront
grandi qu'en vertu de la force seule qui était
en eux. Madame de Scudemor n'était pas
exempte de cet intérêt vulgaire, mais était-il le
seul qui entourât Allan à ses yeux ?

Eh bien, non ! ce n'était pas le seul. Il en
était un autre, plus profond et plus tendre, et
qui prenait sa source dans le sentiment qu'elle
inspirait; car Allan, quoique élevé par elle,
n'avait pas trouvé dans cette communauté de
la vie partagée dès l'enfance, l'accoutumance
préservatrice qui sauve les mères et les sœurs
de l'amour incestueux des cœurs pubères...
Le sentiment d'Allan pour madame de Scudemor, cette grande personne si grave et si im-
perturbablement maternelle, il l'avait puisé et
développé sans défiance dans les plus filiales
et les plus chastes familiarités. Seulement, pour
peu qu'elle eût la vue perçante et l'intelligence acquise des passions, ces sœurs jumelles
de la souffrance dans nos âmes, elle avait dû
saisir dès leur origine les confuses ardeurs et

les ferments de toute sorte qui s'agitaient la-
borieusement dans Allan. Il y a des êtres d'un
triste privilège, qui commencent leur martyre
d'hommes de bien bonne heure; les premiers
que le Maître ait pris, sur la place publique
de leur oisive enfance, pour les mener tra-
vailler à la vigne de la Douleur. Ils en revien-
nent le soir tout pâles, la bouche malade et le
regard obtus, et les parents croient que ce
sont les ennuis de l'école qui les changent
ainsi. Leur idiote tendresse ne comprend pas
ce qui se passe dans ces âmes trop avancées.
L'idée en apparaît-elle, un jour, à leur expérience, ils la repoussent, parce qu'eux étaient
heureux et tranquilles à l'âge de leur fils. C'est
alors que si on a au fond de soi des douleurs
que Dieu seul connaît, il y en a d'autres, fruits
de celles-là, qu'on nommerait bien. Allan
connaissait ces dernières. Dès douze ans, la
passion était venue le troubler de ses rêves
obscurs, chauds et doux. Linéaments de rêves
plus que rêves, dont le souvenir ne recompose
rien, mais brûle et rougit; passion vague,
tourmentante, infinie, qui ne se réclame pas
encore des choses visibles et qui énerve les
facultés à l'heure où elles s'élancent d'un jet si

1.   5

vigoureux et si souple... Pendant les années qui suivirent, Allan ne trahit l'orage intérieur que par éclairs. C'était en lui, comme dans sa voix (cette voix que l'on a à cet âge), quelque chose de l'homme qui *s'irrompait* à travers l'enfant tout à coup. Il eût été, comme nous tous, malade de cette souffrance inhérente à cette époque-là (1845), — terrible lieu commun d'alors dans les âmes comme dans la littérature, et dont le *René* de Chateaubriand fut l'idéalisation la plus élevée, — si une position à part ne l'eût arraché à ces agitations sans but et n'eût donné une physionomie plus réelle, plus humaine, plus une à ses passions.

Cette comtesse Yseult de Scudemor, près de laquelle il passait sa vie, s'empara bientôt de toutes ses pensées. Quoiqu'elle eût avec lui la gravité d'une mère, une mère n'aurait pas si bien fait naître l'adoration et le respect. Vesper du premier amour qui commence à luire dans la nuit de nos cœurs, l'éclat que vous jetiez alors eût échappé à tous les yeux ! Jusque-là, l'imagination seule était compromise. C'était une lueur timide et pure qu'il croyait suivre ; un astre caché qui se levait souriant, à un

inaccessible horizon ; un mystique amour digne
de la Muse. — Mais le rayon ne rosait encore
que le front de la Galathée... Ce ne fut que
quand, du front animé, il coula comme un
torrent de flamme sur le marbre de la poitrine, qu'elle dit : « Moi ! »

Le temps vint vite où cette Galathée d'enfant dit « Moi ! » aussi. Le peu de paix qu'il
avait par intervalles, il le perdit. Il ne se con-
tenta plus de ce culte désintéressé qui lui avait
suffi longtemps, de cette adoration muette qui
ne demande pas que son expression gardée
dans le cœur lui soit renvoyée, quand, par
hasard, elle lui échappe. Le poète s'effaça,
comme toujours, dans la réalité de la passion.
A cet autel où il appendait des guirlandes, la
nature humaine lui soufflait le désir de quelque moins pur sacrifice. Alors, il se prit à
avoir peur de lui-même. Il eut peur d'un sentiment dont les exigences devenaient chaque
jour plus impérieuses. Homme prématuré par
les facultés sensibles, c'était un enfant par la
volonté. Il portait la peine de cette niaise et
dangereuse éducation d'un temps sceptique et
pédantesque, qui laisse là le caractère et ne
s'occupe que des développements de l'esprit.

Ses manières changèrent entièrement. Ses habitudes furent bouleversées. Une tristesse affreuse s'empara de lui et décomposa jusqu'à son sourire. Il passait ses journées sans livres, dans une solitude et une oisiveté vraiment effrayantes, et madame de Scudemor avait eu raison de lui dire, sous le massif du jardin : « Savez-vous, Allan, que je suis inquiète de vous ? »

III

QUELQUES jours apres la scène au jardin qui ouvre ce récit, la comtesse de Scudemor se tenait assise, et non pas à moitié couchée, — car rien ne languissait en elle, — sur un canapé, dans un appartement qu'elle habitait exclusivement aux Saules. Elle était enveloppée d'un long peignoir blanc flottant, négligé qui laissait entrevoir, à travers la vapeur de ses plis, les lignes et les contours d'une taille que le temps avait épargnée, comme une espèce de dédommagement de la royauté des anciens

jours évanouie... C'était l'heure de la journée
où les femmes font les apprêts de leur toilette
avant le dîner, et où une maîtresse de maison,
à la campagne, est parfaitement libre. La comtesse de Scudemor paraissait fort agitée. Des
pensées, comme des mouettes d'orage, inac-
coutumées au ciel sans nuées de ce front, des
pensées pénibles semblaient l'obséder. On
voyait qu'il se débattait quelque chose dans
son âme, quelque chose qui allait finir par une
résolution, — mais se résoudre n'est pas toujours avoir vaincu.

Allan entra, chancelant, et comme écrasé
par l'air et l'odeur de cette chambre, où il mettait le pied pour la première fois. Il s'appuya
contre un meuble.

— « Ne restez pas debout, » — lui dit-elle,
et elle lui désigna de la main un siège près du
canapé où elle se tenait, droite et rectangulaire. La belle tête d'Allan touchait presque à
l'épaule de madame de Scudemor, mais il ne
pouvait la voir que de profil.

— « Je vous ai fait appeler, Allan, — lui dit-
elle. — J'avais besoin de vous voir seul ; car
j'ai à vous parler de choses graves et douloureuses. » — Ce début était solennel. Tout en

parlant, elle roulait dans ses doigts une fleur
d'héliotrope, arrachée sans doute à ceux qui
s'épanouissaient dans de longs vases blancs à
la fenêtre ; fleur qui n'aurait pas pu nous dire
le sentiment qui l'avait détachée de sa tige,
dans la crispation d'un doigt distrait. Cette
voix si profondément vulnérée avait des accents
encore plus voilés que de coutume. Elle retentissait à mille pieds dans la poitrine d'Allan,
comme une pierre lancée dans un puits.

— « En me quittant si brusquement l'autre
jour, en refusant de me répondre, — reprit-
elle après un silence, — croyez-vous, Allan,
ne m'avoir pas tout dit ?... Croyez-vous même
que j'eusse besoin d'une réponse pour tout
savoir ? Vous pouvez tromper Camille, mais
une femme, et une femme de mon âge, croyez-
vous, Allan, que ce fût possible ?... »

Elle s'arrêta sans tourner la tête, les cils
baissés, et de cette impérissable noblesse dans
l'attitude qu'elle ne perdait jamais, roulant
toujours entre ses doigts effilés la fleur d'héliotrope qui les imprégnait de ses parfums.
Moitié joie de ce qu'elle l'avait pénétré, moitié
saisissement de ce qui allait suivre, Allan rougissait jusqu'aux yeux. Mystérieux carmin du

sentir, broyé sur on ne sait quelle palette divine, qui pourrait nombrer les cent confu-
sions différentes révélées par l'unité de sa couleur ?...

— « Mais j'ai agi à la légère, — reprit-elle. —
Je ne devais point vous demander un aveu.
Entre nous, toute confidence était impossible,
et j'ai résolu de vous l'épargner. »

Elle se tut une seconde, comme si elle se
recueillait.

— « Allan, — fit-elle, — votre imagination
et votre âge, voilà ce qui vous a égaré à ce
point. Il faut s'en prendre à votre âge et à
votre imagination, qui vous gâte la vie de si
bonne heure, et non à moi, qui serais votre
mère. Aussi ai-je l'espoir que cette folie ces-
sera bientôt. D'ailleurs, demain je serai vieille
tout à fait. Vous pourrez faire demain de ces
comparaisons qui me ravaleront autant qu'elles
m'élèvent tout à l'heure dans votre esprit.
L'amour d'un adolescent pour une femme qui
a vécu presque la moitié d'un siècle, doit être
le moins long parmi les plus courts. »

Elle fit une pause encore, scandant ses paroles comme elle lui scandait le cœur.

— « Mais, quoi qu'il en puisse être, mon

enfant, il faut nous quitter... Vous retournerez
à votre Université d'Angleterre. Je ne veux vous
revoir que guéri de cet inconcevable caprice,
qui finirait peut-être par vous rendre malheureux. Quand vous serez plus calme, quand
vous aurez entrevu que vos besoins d'affection
peuvent être satisfaits par des femmes riches
de la jeunesse du cœur autant que de celle de
la beauté, vous me retrouverez votre amie toujours, et le temps se sera chargé, à mes dé-
pens, de rendre toute méprise impossible. »

Et elle se tut, naturellement comme elle
avait parlé. Avait-elle été assez raisonnable et
assez maternelle !... La pauvre fleur d'héliotrope qu'elle froissait était épuisée, et elle la
rejeta. Elle avait mis le même temps à blesser
une créature avec son accent plein de sollicitude, qu'à détruire une création sous le doux
froissement de ses doigts. Puissance de l'âme,
puissance ignorée ! il y a dans les choses de
sentiment des courbes qui échappent au
calcul.

Voyons ! franchement, ne pouvait-on pas
l'accuser d'hypocrisie, cette femme, qui se savait aimée et qui prenait de tels airs de maternité et de raison avec ce malheureux qui l'ado-

I.   6

rait ?... N'aurait-on pas pu voir une atroce
tartufferie d'orgueil dans cette prétention à la
vieillesse dont elle présentait avec tant de
fréquence la perspective, quand tout, en elle,
la faisait oublier ? Comédienne étrange, — ou,
si elle ne l'était pas, vanité diogénique, qui
passait à travers les trous du manteau ! Un
homme fort lui eût cassé son masque sur la
figure et mis à nud, comme un ver, son âme
devant lui. Mais Allan n'était pas un homme
fort. Il n'avait point de ces ressentiments
qu'une passion blessée souffle au cœur avec
une haleine d'ouragan. Pauvre chien ! il se
couchait sous les coups. Quand elle avait dit :
« Il faut nous quitter », cette âme timide et
fraîche ne s'était trouvé que des larmes.

Mais qui peut comprendre la magie des
larmes pour une femme ?... Qu'elles coulent,
blanches, fraîches et tièdes, peu importe !
elles font toujours un de ces fleuves qui em-
portent au loin les digues du cœur. Pour
ces êtres d'une pitié divine, il y a toujours du
sang du cœur dans les moindres larmes qu'on
verse à leurs pieds. Les grands séducteurs le
savent bien ! Leur puissance est de savoir pleurer. Don Juan et Lovelace pleurent : terrible

puissance de ces terribles sirènes ! Allan n'était
ni Don Juan, ni Lovelace. Ce n'était pas alors,
et ce ne fut jamais plus tard, un de ces cro-
codiles de séduction dont les larmes attirent
pour dévorer. Il était à l'âge de la vie où l'on
est vrai encore, et il n'avait que des pleurs
involontaires d'enfant. Avec son corsage de
jeune fille, on l'aurait pris pour la sœur de
Camille, que sa mère eût mise en pénitence
pour s'être déguisée en garçon.

La comtesse de Scudemor n'était plus, de
son côté, à l'époque de l'existence où la simple
vue d'une émotion vous émeut. Et cependant,
cette froide personne ne put résister à l'éloquence de ces pleurs muets et d'un désespoir
si résigné. Elle attira à genoux devant-elle sur
le tapis le pauvre Allan, et, longuement, elle
lui essuya les yeux avec son mouchoir par-
fumé. Elle ne se sentait plus le courage de lui
répéter : « qu'il fallait partir. »

— « Ah ! voilà bien ce que j'avais prévu, » —
dit-elle. Et après avoir cherché dans sa pensée
quelque temps, elle ajouta :

— « Désolant enfant, vous resterez près de
moi. » — A ce mot, il lui étreignit les genoux
contre son visage en pleurs. Il la respira ainsi

dans les plis de son peignoir où étaient tombées ses dernières larmes, à lui, et il les but
comme du nectar parce qu'elles avaient chauffé
sur le tissu tiédi par le contact du corps qu'il
voilait.

Ainsi, déjà l'expiation des paroles qu'elle
avait dites d'abord était consommée... Cette
femme à la sagesse hautaine, aux prévisions
d'une réalité desséchante, n'avait pas su résister aux pleurs d'un enfant. Aussi, faut-il
l'avouer ? quand on est femme, ce doit être
quelque chose de bien touchant qu'un de ces
amours silencieux de respect mais si expres-
sifs, qu'on a fait naître, sans y songer, dans
une âme virginale, au moment où toutes les
affections s'éloignaient pour ne jamais revenir;
et, en vérité, il est bien permis de confondre
ce qu'on éprouve avec de l'amour, et beaucoup de femmes l'ont confondu, sans nul
doute. Éternellement tendres, elles ont dû se
méprendre aisément sur l'ardente reconnaissance qui renouvelait d'un sentiment leur cœur
vieilli, veuf et affligé. Voyageuses brûlées de
tous les soleils, fatiguées de tous les orages,
dans ce désert qu'elles achèvent de traverser
seules et sans se plaindre d'une soif qui de-

meurera désormais inapaisée, une affection —
à n'importe quel titre ! — n'est-elle pas pour
elles comme un verre d'eau de la rosée du
ciel, donné au nom d'un Dieu miséricor-
dieux ?... Mais, quand cette affection est un
amour comme ceux de la jeunesse écoulée, n'y
a-t-il pas une douceur plus suave encore que
celle des premières années, dans cet amour
sur lequel on ne comptait plus ?... La vie, on
la croyait finie et enterrée dans son cœur. On
croyait que des touffes d'herbes verdissaient
dans ce cimetière de la poitrine, où les tombes
s'effacent comme ailleurs, et voilà qu'on se
trouve une vivante affection, une dernière touffe
de fleurs à y recueillir encore, et non pas à y
ensevelir; une affection que l'on souhaiterait à
sa fille pour sa dot ! La maternité humaine a
beau être sublime, elle ne tient pas contre une
pareille épreuve, — et, quoique sans amour
à rendre pour l'amour qu'on a inspiré, ce
n'est pourtant pas la blonde tête d'un fils qui
passe le plus dans la nue des rêves comme un
astre bien aimé, quoique ce soit une tête aussi
adolescente, tant il est vrai que, pour les
femmes, le fruit de leurs entrailles peut être
moins sacré que la création de leurs regards !

Cependant, madame de Scudemor avait repris son air maternel, et ayant fait asseoir Allan sur le canapé à côté d'elle :

— « Mais, si vous restez ici, — dit-elle, — je veux, Allan, que vous promettiez de m'obéir. Me le promettez-vous ?... »

Cet homme, qui avait sur la lèvre moins de duvet que la femme qui l'interrogeait, répondit : « oui », comme une innocente le jour de son mariage.

— « Eh bien, Allan, — reprit-elle, — je veux que vous renonciez à la solitude dans laquelle vous consumez vos journées. Je veux que vous renonciez à la vie oisive et isolée que vous recherchez depuis trop longtemps. Il y a, cette année, beaucoup de monde aux Saules ; il y a des jeunes filles de votre âge. Ne les fuyez pas comme vous avez fait jusqu'ici ; restez avec nous le soir, dans le salon, quand vous aurez passé la journée dans des études qui vous auront distrait d'une préoccupation trop absorbante. Et lorsque votre esprit ne sera plus capable d'une attention soutenue, quand les troubles de votre imagination seront trop grands, venez me trouver toujours ; car, voyez-vous, mon jeune malade, — ajouta-t-elle avec une grâce inattendue, — je suis beaucoup moins dangereuse pour vous de près que de loin.

— Oh ! si j'ai tant aimé la solitude, — répondit Allan, avec la tristesse touchante d'un cœur soulagé, — c'est que je n'avais personne qui s'intéressât à ce que je souffrais. Je craignais... »

Il hésita...

— « Que craigniez-vous ? — demanda-t-elle.

— Que vous ne vous moquassiez de moi, — fit Allan, — et Dieu sait s'il y a de la vanité dans ce que je vous dis là ! Je ne vous aurais pas haïe, mais je sens que j'en aurais été plus malheureux.

— Et si je m'étais moquée de vous, Allan, — dit-elle, avec le scepticisme d'une insincérité charmante, vibration féminine retrouvée dans les cordes de l'instrument détendu, — n'aurait-ce pas été tant mieux, Allan ?... »

Elle n'osait pourtant appuyer ; car elle avait la conscience de n'être pas vraie en prononçant ces paroles. Combien, en effet, y a-t-il de femmes après trente ans qui rient de l'amour qu'elles allument dans les cœurs, fussent-elles, par le cœur, les dernières de l'humanité ? Une

jeune fille a de ces cruautés innocentes : inex-
périmentée, c'est l'enfant qui creva les yeux
du moineau avec le poinçon athénien. Mais
une femme qui a bu les trois quarts du calice
amertumé de la vie, ne rejette pas avec mépris
la goutte de miel restée au fond par un de
ces hasards qui font croire à Dieu les impies,
et madame de Scudemor venait de montrer
qu'elle le savait bien.

Ils causèrent longtemps ainsi : elle toujours
mère, c'est-à-dire sérieuse et tendre, et lui
amoureux, timide, mais d'une timidité si con-
fuse ! Elle lui imposant une vie plus active,
plus extérieure, comme si la voix de la femme
qu'on aime pouvait faire fondre l'amour qu'on
a pour elle, — et Lui ne résistant pas, disant :
« oui », toujours, quoiqu'il sût très bien qu'il
y avait dans son cœur mille impossibilités
d'obéir. Causerie charmante, coupée de silences et faite à mi-voix, parce que la nudité des
choses de l'âme, cette Ève intérieure, a une
pudeur si inquiète qu'elle détache, pour ajouter à sa ceinture, des milliers de feuilles inutiles à tous les abris du secret.

— « C'est bien, — fit-elle, avec le sourire du
sculpteur dont le premier coup de ciseau a été

heureux, — c'est bien, mon enfant. Je vous
promets du calme bientôt. » — Et comme elle
l'eût fait à Camille, à ce qu'il semblait (car
qui peut dire que les ténèbres de l'âme d'une
femme ne soient pas des contradictions ?), elle
déposa sur le front d'Allan un baiser long
comme s'il n'avait pas été désintéressé. De
cette lèvre glacée et pâlie, jaillit une mer
d'écarlate sur les tempes dilatées du jeune
homme. Il faut l'avoir éprouvé soi-même, pour
savoir ce qui s'élève dans notre être de mouvements surhumains et fous quand on voudrait — effort inutile ! — reprendre avec les
lèvres le baiser exilé sur le front.

— « Tu as tort de l'embrasser, maman, —
dit Camille, qui entrait, des gerbes de pensées
dans les mains. — Si tu l'aimes, tu n'aimes
donc plus ta pauvre Camille ?... Tu ne sais
pas comme il la délaisse maintenant. Autrefois, il ne m'aurait pas laissée cueillir seule un
aussi gros bouquet que celui-ci. »

Et, vive, elle se jeta, pour s'asseoir sur le
canapé, entre Allan et sa mère, tournant bou-
deusement sa ronde et gracieuse épaule à
Allan. Ainsi posée, le visage moite de cette
chaleur de quatre heures de relevée qui n'a

déjà plus d'aiguillons comme à midi, mains
dégantées, bouche entr'ouverte, mais sans sourire, avec sa robe blanche tellement courte
qu'on voyait entièrement ses sveltes brode-
quins hortensia lacés aux pieds mignons qu'elle
agitait avec caprice, sérieuse comme les fleurs
qu'elle tenait, elle ressemblait à une espérance
et à un pressentiment tout ensemble, — point
d'intersection entre la première floraison de la
jeunesse et la première illusion fanée, versant
entrevu de la colline, âge auquel il faudrait
rester ! Elle avait piqué, derrière son oreille,
sur ses cheveux, d'un roux que le soleil avait
déjà bistré, une rose rouge dans la corolle de
laquelle une jaune abeille lassée s'était endormie, colère et dard émoussés. Flèche d'or
qu'elle rapportait sans le savoir de ses combats
contre les insectes, et de ses courses, tête nue,
au jardin.

— « Il faut faire ta paix avec Allan, ma chère
amie, — dit madame de Scudemor, en chas-
sant, avec le mouchoir qu'Allan avait mouillé
de ses larmes, l'abeille, détachée de la rose
où elle reposait dans son berceau de pourpre.
— Tu ne voudrais pas rester courroucée contre lui. Il a toujours été si aimable pour toi !

Il te delaisse, dis-tu? Mais, si, depuis quelque temps, il avait été souffrant, ou trop occupé pour se mêler à toutes tes folâtreries, serait-il raisonnable de lui tenir rancune?... D'ailleurs, je vous connais, mutine! si Allan vous a négligée, vous avez été probablement piquante ou boudeuse avec lui. Bien loin de le ramener, vous l'avez éloigné de vous davantage, et voilà comme les torts ne restent jamais d'un côté!

— Oh! tu prends déjà ton air sévère, maman, — répondit-elle. — Je t'assure que c'est lui qui a tous les torts... — Et sa voix tremblait comme quand on a le cœur gros.

— Je ne te gronde pas, mon enfant, — reprit madame de Scudemor, en accompagnant ces paroles d'un geste affectueux. — Seulement, je ne voudrais pas que tu fusses injuste, et surtout pas vindicative. J'exige que tu embrasses ton ami et que tout soit fini entre vous, enfants que vous êtes tous les deux! »

Et Camille, heureuse d'obéir, se retourna fougueusement, comme elle faisait tout, cette fillette dont les sensations étaient si vives, et, avec une innocence passionnée, se jeta au cou d'Allan, qui, muet et devenu sombre, avait mordu sa lèvre au sang en entendant le mot dit par madame de Scudemor : « *Enfants que vous êtes tous les deux !* »

Il l'embrassa, mais de mauvaise grâce.

— « Est-ce que vous seriez capricieux à votre tour, Allan ? » — dit singulièrement madame de Scudemor, en tournant sur lui les orbes mobiles de ses larges prunelles.

Avait-elle vu tout à coup, avec l'aiglonne perspicacité de la femme aimée, la profondeur du sentiment qu'elle inspirait ?...

IV

Les jours passèrent, — mais ils ne passèrent plus pour Allan à l'ombre furtive du jardin, au pied des saules, ou aux bords lointains de la rivière, théâtres favoris de ses promenades pendant que le salon de la comtesse de Scude-mor exhalait la joie, les rires et les propos des femmes rassemblées. Il était sûr d'être vu par *Elle*, maintenant ! d'être deviné dans toutes ses pensées, à chaque instant donné. L'irritation contre la femme aimée, cette injustice qui tient

aux racines mêmes du sentiment qu'on éprouve
parce que ce sentiment n'est pas soupçonné,
ce démenti perpétuel donné par celle qui l'en-
flamme au désir idéalisateur de son image, ne
le chassaient plus du salon avec ce dépit con-
centré, aigreur de la passion cachée. Ce sont
toujours des passions blessées qui nous pous-
sent à la solitude. Ame de Timon ou de La
Vallière, la créature humaine ne se rejette à la
solitude que quand les hommes l'ont repoussée. Sans l'égoïsme d'une passion quelconque,
nul d'entre nous n'irait livrer sa vie à cette
maîtresse de Raphaël qui tue, mais pas comme
l'autre, car elle n'a pas même de semblants
d'amour à donner; nul ne reposerait sa lassitude sur le sein perfide de cet ami, subtil Iago
retrouvé toujours dans les parties les moins
nobles de nous-mêmes, quand il n'y a plus
que nous avec nous... La solitude est un fait
divin, inapplicable aux hommes. Ils n'y résis-
tent pas quand ils osent se l'approprier.

Allan ne quittait presque plus madame de
Scudemor. Pouvait-elle s'en plaindre? Ne le
lui avait-elle pas dit, enjoint, ordonné? Quoiqu'elle eût pris avec lui le langage de l'expérience, Allan ne la connaissait pas assez encore

pour qu'une vague espérance ne se jouât dans
toutes ses pensées. Et, d'ailleurs, la passion a
parfois des ruses de modestie dans ses vœux,
qui devraient faire frémir sur les suites de
l'hypocrisie ou de la déraison de nos sentiments. Peu lui suffit, d'abord, à cette Vorace,
qui veut tout plus tard. Allan était heureux
du mystère qu'il y avait entre lui et madame
de Scudemor. Depuis le jour où elle lui avait
parlé tête à tête, et malgré les défiances de
son caractère (toutes les grandes imaginations
sont défiantes), il portait plus légèrement la
vie, rendu pour quelque temps à cette admirable fatuité de la jeunesse, confiance extrava-
sée sur toutes choses, bouche et narines ouvertes à tous les souffles de l'avenir. Il répondait avec la céleste gaucherie d'un sentiment
vrai aux plaisanteries doucement moqueuses
des femmes venues de Paris pour passer l'été
aux Saules, et qui n'avaient pas vu sans le re-
marquer le changement d'humeur de ce beau
jeune homme, qu'elles auraient désiré un peu
plus occupé d'elles. Mais aucune n'était, aux
yeux d'Allan, comparable à cette Yseult de
Scudemor, que, sans doute, elles appelaient
passée, dans leur orgueil de fraîcheur et de

beauté, et aux pieds de laquelle il prosternait tous leurs printemps humiliés.

On l'a vu, ce qui caractérisait l'amour d'Allan pour madame de Scudemor, c'était une timidité excessive. Plus cet amour avait grandi, moins Allan s'était trouvé familier avec celle auprès de qui son enfance s'était écoulée. Amour vraiment jeune, que celui-là qui se traduit par les tremblements du respect! Jeune dans l'âme, car la passion devient fatalement insolente; jeune dans la vie, car, après le premier, en retrouvera-t-on jamais un second sous les draperies de la vanité?... Cette timidité, qui n'est que l'émotion perpétuelle produite en nous par l'intuition de la beauté qui nous captive, s'augmentait encore de plusieurs circonstances accessoires qui modifiaient d'une façon nouvelle et puissante la position d'Allan de Cynthry vis-à-vis madame de Scudemor. Presque toujours, on n'aime que tout près de soi dans la vie. Il est si rare de ne pas s'éprendre d'une de ces fleurs de l'existence éclose sur la même branche que nous! L'infini des pensées virginales colorées mollement des premières lueurs de l'amour, ce même infini soulève les deux seins qui commencèrent à

respirer presque ensemble. Et parce que ces
deux mains n'ont rien touché encore, elles se
cherchent, et parce que ces deux cœurs n'ont
rien joint encore, ils s'élancent l'un à l'autre,
dans l'instinct merveilleux de leurs soupirs !...
L'infini des autres mystères de la vie : Dieu,
l'intelligence, le cœur éprouvé, se révèlent
moins intimement en nous. Atomes par la
pensée, comme dans l'univers, nous avons
assez d'un abîme, et nous nous jetons, plon-
geurs tremblants, dans celui où des roses,
comme dans certains cratères éteints, forment
des tapis pour nos sybarites mollesses. En vérité, les femmes, qui n'ont d'existence que par
l'amour, ont raison d'être fières quand elles
sont belles ; car la honte de la nature spiri-
tuelle de l'homme est écrite dans ces impressions brûlantes et délicieuses qui nous boule-
versent, et qui sont causées par leur adorable
beauté.

Mais si cette beauté est déjà morte ou va
mourir, attaquée au plus pur de sa source ; si
— hasard étrange ! — c'est bien loin de soi
qu'on va chercher une âme à aimer de toutes
les aspirations de son âme ; lorsque c'est à la
fleur flétrie, souillée du pied de l'homme qui

passe, ensevelie dans la poussière du soir, que
nous sourions du premier sourire de nos
corolles entr'ouvertes, une foule de faits inac-
coutumés viennent, en se groupant alentour,
rendre cent fois plus ebranlant cet amour
bizarre. Jeune, on ressemble tant à tout ce
qui est jeune! La jeunesse est un si large fait,
qu'il prend toute la place de la vie. N'est-ce
pas de l'avenir que l'on porte en soi, comme
la jeune fille? N'est-ce pas la même ignorance?
— N'est-ce pas en approchant d'une âme allumée plus tôt qu'on y peut lire — tout or et
lumière — les caractères des premiers désirs,
comme en posant un flambeau derrière les
transparents de nos fêtes, on fait jaillir des
symboles de feu du fond sombre sur lequel ils
étaient indistinctement tracés? Quand la vie
entière est avenir, c'est le passé qui est surtout l'inconnu. Une âme qui a vécu sa vie est
un bien plus formidable mystère que celle qui
commence la sienne, pour qui tend aussi, dans
la même baie d'adolescence, sa blanche voile
au vent qui s'élève. Ah! de quelle ardente et
rêveuse curiosité se prend-on pour ce vaisseau,
revenu des plus lointains rivages, et qui a tant
et tant labouré de flots amers. Oh! que cette

femme, parce qu'elle diffère de nous de tout
un passé impénétrable, nous apparaît divine à
travers sa pâleur mortelle!... Comme la jeune
fille, notre légitime épouse, elle n'a pas été
tirée de nos flancs. C'est un Dieu caché qu'on
adore, et jamais nous n'avons défailli auprès
des vierges les plus charmantes comme, en sa
présence ou à son approche, nous nous sommes
sentis défaillir.

Et l'Imagination, — cette racine noueuse des
passions, — et l'Imagination trouve son compte
à ces incompréhensibilités humaines. Ne
croyez point qu'il y ait dans cet amour d'Allan
pour madame de Scudemor, de l'adolescent
pour la femme vieillie, quelque chose de plus
glorieusement immatériel que dans tout ce qui
porte le nom d'amour! Pour changer d'objet,
la passion ne change point de nature. Elle a
toujours sa causalité et son but dans la fange
de notre chair, cercle dont les deux bouts se
rejoignent et se confondent on ne sait où...

Et d'ailleurs, la beauté qu'on aime et qu'on
préfère est un secret que l'Imagination garde
à jamais. Cheveux cendrés par les années, sur
un cou qui a perdu les mollesses du pâle azur
de ses belles veines; yeux dont la flamme,

dans des prunelles un peu ternies, se concentre au lieu d'irradier, comme si le cœur
avait absorbé dans ses sables arides les flots
de lumière et de larmes qui s'y jouaient;
bouche où l'haleine n'est plus fraîche, mais
ardente; tempes plus expressives et plus élar-
gies sous la couleur, de jour en jour plus meur-
trie, d'un bistre mat, n'y a-t-il pas en vous de la
volupté autant que dans les efflorescences de la
jeunesse? Ne dirait-on pas que l'âme, comme
la nature, fait fleurir dans les ruines ses plus
beaux gramens? Et l'imagination développée
n'arrive-t-elle pas, en toutes choses, à ce que
les imaginations moins riches et restées en
deçà de ses développements, osent appeler une
dépravation?...

Ainsi, l'âge de madame de Scudemor, qui
mettait une vie entre elle et Allan, pouvait
être une des causes de la timidité de celui-ci;
mais, à coup sûr, elle n'était pas la seule. Une
autre, encore plus intime, existait. La plupart
des passions fortes tirent leur puissance des
plus abrupts contrastes. Elles sont d'éclatants
démentis donnés à nos habitudes les plus
invétérées, à nos tendances les plus originelles.
Elles brisent violemment l'unité humaine. Les

caractères despotiques, par exemple, sont les
plus moutons en amour. On les mène où l'on
veut. Les autres ne sacrifient que leur vie ; mais
eux sacrifient leur volonté : magnifique abnégation, si c'en était une, — si ce n'était pas la
jouissance la plus enivrante qu'il y eût ! Qui
n'a pas compris que Catherine II voulût être
battue par son amant ? Ne prenez pas pour un
caprice d'Impératrice blasée cette révoltante
exigence. Vous ne sauriez donc pas ce qu'il y
a de bonheur suprême, d'inattendu, de palpi-
tant, de céleste, — car ce mot-là cache l'inconnu dévoilé tout à coup, — dans ce mouvement en sens contraire des lois qui régissent
les cœurs fiers, et qui fait tomber à genoux les
plus altiers et lécher les pieds d'une misérable
créature !

Ce sentiment, Allan l'éprouvait. Enfant gâté,
tenace, impérieux, il trouvait un plaisir d'inac-
coutumance (et ces plaisirs sont les plus vifs)
à se soumettre, à s'humilier, à ramper bien à
plat-cœur sous le brodequin de madame de
Scudemor, et ce plaisir d'être dominé par elle
rendait plus troublantes encore les impressions
qui s'adressaient à ses sens et les enflammait
jusqu'au délire.

Cette vie de la campagne ensemble, molle,
paresseuse, rapprochée, ce *far niente* de canapé
et de gazon, de promenades oublieuses et de
causeries, est la plus dangereuse existence. Si
les jeunes filles vous faisaient leurs confessions,
elles vous diraient que là, surtout, elles se
sentent rougir sans savoir pourquoi... C'est
probablement l'air aux lilas, aux jasmins, aux
ardeurs du midi et aux fraîcheurs du soir
qu'on y respire, qui leur apporte ces rougeurs
soudaines avec les ondulations de la rivière et
les frémissements des ébéniers. Quand on a la
tête sur son ouvrage, que de longs cheveux
pendants et bouclés font ombre sur les mains
qui brodent et cachent le visage incliné, on
sent s'enfler sa gorgerette en entendant l'oiseau
qui chante et dont la poitrine se gonfle aussi.
Ce sont là les silences de deux heures de relevée, dans le salon aux fenêtres et aux persiennes
fermées du côté du midi et ouvertes du côté
du nord. Mais le soir, oh! le soir, ou qu'on
reste à quelque embrasure à regarder l'horizon, la tête dans sa main, ou qu'on s'en aille
rôder dans quelque allée solitaire, la nuit heu-
reusement est tombée et on ne sait plus ce
qu'on devient. Dans cette liberté et cette

négligence de toutes choses, y a-t-il un livre
oublié au coin d'un fauteuil, c'est quelque
poëte : Lamartine ou Alfred de Musset, ou cet
autre, dont les chants de bouvreuil blessé furent
écrits sur des feuilles de rose sauvage, avec le
sang le plus foncé de son cœur;... c'est un
roman, plus triste encore, de la différence d'une
vie racontée à un soupir échappé... Et l'on en
a pour huit grands jours, de ces étouffantes
lectures, à baigner, pour les rafraîchir dans
son haleine, déposée longuement sur le mouchoir qui garde le secret des larmes, ses pauvres yeux enflammés. Ce sont là des riens, —
de bien innocents détails, — mais il n'est pas
un de ces riens, pas une de ces insignifiances,
qui ne cache un péril affreux. La peste ne
peut-elle nicher dans un pli du cachemire le
plus suave aux épaules qu'il doit envelopper?
Journées inexprimablement douces, bords de
l'étang où les cygnes languissent, ombres des
bois dans lesquels on se perd si bien, réduits
obscurs où les pas ne s'entendent plus, cas-
cades qui étouffent tout dans leurs bruits qui
fuient; et, pour peu qu'on rentre, salons où
souvent on fut laissée seule et où l'on est retrouvée toujours deux, rideaux baissés d'où la

rêverie tombe aux fronts comme une impal-
pable caresse, chaleur qui affaisse les poses et
ronge l'humidité aux lèvres, familiarités enivrantes qui pressent une main dégantée, sécurité sur je ne sais quelle foi insensée, abandon,
oisiveté, délices qui font comprendre la vie
d'yeux à moitié ouverts et de mollesses intré-
pides de ces peuples qui disent : *Mia cara!* à
toutes les femmes, et rêvent d'amour au pied
des volcans.

Mais quand on est, comme l'était Allan,
plongé dans cette Capoue d'un bel été à la
campagne alors qu'un amour profond s'est
emparé de vous pour la première fois, quand
celle dont on est idolâtre est là, enveloppant
de son charme tous les accidents de cette vie
alanguissante, le bonheur ne peut pas s'écrire,
mais Dieu n'a pas voulu, sans doute, qu'il fût
possible d'y résister! Comme Allan, on sent
dans son âme s'épanouir plus que jamais cette
large fleur d'amour qu'y a semée, en respirant,
un souffle de femme. On croit que cet air,
dans lequel on plonge avec des frissons voluptueux tout son être, portera le pollen de cette
fleur cachée à celle qu'on adore en silence.
Tendres illusions, mysticité ravissante, con-

fiance superstitieuse en la nature, féconda-
tion de l'âme par l'âme, rêves fragiles du premier amour ! pourquoi est-ce de ces éléments
divins que se compose le mal inconnu de la
vie ?

Hélas ! Allan n'avait jamais qu'imparfaitement senti cette délicieuse phase de l'amour.
Seulement, il l'avait devinée. La femme qu'il
aimait n'ignorait pas sa passion pour elle. Ne
le lui avait-elle pas dit? elle l'avait pénétré...
Mais, en le lui disant, elle n'avait pas détruit les désirs contenus et les doutes des
premiers instants. Depuis longtemps, ces doutes
et ces désirs contenus n'existaient plus dans
cette âme qui vivait trop vite. Jamais rien ne
vaut, dans les bonheurs de toutes les posses-
sions qui suivent, cette poésie du cœur à son
éveil, cette impression mystérieuse du jour qui
va suivre, cette ombre rose, qui n'est déjà plus
des ténèbres, à travers des paupières closes
encore. L'homme insensé ne le croit pas, mais
cela est ! Du bonheur passé, c'est le seul moment qu'on regrette et qui reste sanctifié au
milieu des plus purs souvenirs profanés. Allan
n'avait pas même eu à sa place l'enivrant
aveu qui ne le paye pas, mais une pitié stérile

I. 9

et de peu d'écho. Cependant, la raillerie qu'il craignait lui avait été épargnée, et cela le soutenait... D'un autre côté, à l'âge d'Allan, quand la passion a devant soi de l'avenir encore, le désir est une volupté beaucoup plus qu'une souffrance et les sens se repaissent de contemplations autant que le cœur.

Plus les passions croissent, plus elles s'élancent aux réalités, plus elles se matérialisent. Le platonisme n'est jamais que le commencement de l'amour. Allan ne rêvait plus : il contemplait ; — mais contempler, c'est voir par les yeux, et c'est l'ivresse ! Il voyait madame de Scudemor dans les détails insignifiants de la vie de chaque jour encore plus troublante que dans les poétiques divinations de sa pensée. Sa présence l'emportait sur les songes et sur les souvenirs, et même l'Imagination était vaincue.

Quant à elle, elle se répétait tout bas ce qu'elle avait dit tout haut à Allan. Sa raison hasardait bien parfois un reproche, mais elle l'attenuait en se disant que tout cela n'était qu'une folie, dangereuse certainement dans une jeune fille de l'âge d'Allan, parce que les impressions des femmes sont plus profondes

que celles des hommes, mais qui passerait
bientôt sans l'emploi des moyens violents.

Une folie! mot qu'elles prononcent toutes,
ces incrédules de quarante ans, — mot orgueilleux, mais d'une sagesse bien vulgaire!

Quoi qu'il en fût, une terrible hypothèse
tenait en échec son esprit et épouvantait sa
conscience. Si l'amour d'Allan n'était pas seulement ce qu'elle croyait?... S'il n'était pas
seulement un enthousiasme éphémère, mais
une de ces déchirantes passions qui devait
plus tard anéantir la destinée de ce jeune
homme, beau, spirituel et généreux? A tout
prix, elle résolut, malgré la timidité d'Allan,
de le savoir.

Depuis le jour où elle l'avait accusé de
caprice, elle avait été plus caressante pour
Camille, à qui elle donnait à peine un baiser
au front ou un regard qui disait : « C'est
bien! » Voulait-elle empêcher la petite de
s'apercevoir de la froideur de son ami?... Si
elle eût été une coquette, une de ces bour-
relles de vanité qui jouissent de sentir palpiter
et saigner, sous la nacre de leurs ongles, un
cœur que plus tard elles doivent dévorer, on
eût pensé qu'elle voulait étudier sur Allan

l'effet de la tendresse inattendue qu'elle montrait à sa fille. A coup sûr, elle avait un motif
pour se conduire d'une façon si nouvelle.
Mais qui pouvait, excepté elle, donner la raison
de ce calcul ?...

V

ALLAN A MADAME DE SCUDEMOR

Vous qui m'avez pénétré une fois, ne pouvez-vous donc pas me deviner une seconde? N'êtes-vous donc pas la créature supérieure que j'imagine? Ne savez-vous point ce qui me pousse à vous écrire? Et si vous le savez, oh! pourquoi cette manière d'agir, tout à la fois incompréhensible et cruelle? Écoutez-moi :

« Vous avez vu que je vous aimais. Ce n'était pas bien difficile! L'amour que je me sens

dans la poitrine brûlerait les yeux des aveu-
gles, et vous étiez femme et vous aviez passé
l'âge de la jeunesse, deux raisons pour que
vous ne puissiez vous méprendre sur ce qui
avait sa cause en vous... Vous vous êtes méprise, cependant, Madame! Vous avez cru que
mon amour pour vous n'était qu'une fantaisie
d'adolescent, une germination du printemps qui
mourrait flétrie avant la chute des feuilles, quelques gouttes de sang de plus dans mes veines.
Et si vous avez été vraie dans vos paroles, c'est
une erreur et une humilité pour lesquelles je
vous admire; car vous êtes alors une exception
parmi les autres femmes, et c'est toujours beau
d'être une exception. Seulement, il faut que
les hommes vous aient donné le droit de les
traiter avec une grande générosité de mépris;
il faut que vous ayez pris les sentiments dé-
voués en une bien horrible défiance, pour
avoir été si impie envers mon amour!

« Hélas! Madame, j'ignore tout de votre
passé; j'ignore tout de vous, excepté que je
vous aime, et avec quel éperdûment! Votre
passé... Ah! votre passé, je le sais, n'a que
faire ici. Je ne dois ni ne veux l'invoquer.
Mais vous! vous, Madame, voulez-vous donc

me le faire maudire ? et maudire dans la seule
constatation qui en reste ? dans la personnifi-
cation la plus chère pour vous peut-être,
votre fille, qui a cessé d'être la camarade aimée
de mon enfance ; votre fille, qui n'est plus Camille pour moi, mais votre enfant et celle
d'un *autre* ; votre fille, que vous me ferez dé-
tester !

« Est-ce que ce que je vous écris là vous
étonne, Madame ? J'ai dit que je laisserais là
votre passé... Oh ! souvent, en l'imaginant, j'ai
senti mon cœur éclater sous les étreintes de la
jalousie, — d'une jalousie niaise, absurde,
mais implacable ! Et cette jalousie, j'avais la
force de la mettre au silence ; je la cachais, je
la cadenassais, je l'étouffais au fond de mon
être. Elle m'avait mordu, lacéré, déchiré, mais
je lui fermais la gueule avec mes mains san-
glantes ! mais je la foulais sous mes pieds sai-
gnants ! Qu'avais-je à vous reprocher ? Rien.
Qu'avais-je à craindre ? Rien. Ah ! c'était vraiment une démence. Vous doutiez-vous de ces
furies ? Que de fois, mais surtout depuis quelques jours, en voyant mon front pâli et mes
yeux cernés, vous m'avez dit, de ce ton de
mère que je hais et que vous avez toujours

avec moi : « Mon pauvre Allan, que vous vous
faites de mal ! » Dieu du ciel ! Vous croyiez
peut-être que je me livrais avec fougue aux
sensations que j'emportais d'auprès de vous,
chaque soir, dans la solitude de ma couche !...
Vous croyiez que vous enivriez le corps de
l'adolescent, et que vous ne torturiez pas le
cœur de l'homme ? Femme aveugle, si vous
l'avez cru ! si vous n'avez pas pensé au ravage
que peut faire dans une âme passionnée l'idée
d'un souvenir, d'un seul souvenir qui n'est
pas pour elle !...

« Jamais, Madame, non ! jamais je ne
vous aurais parlé de cette jalousie, si vous ne
l'aviez pas augmentée tout dernièrement, à
votre insu peut-être... A votre insu ? Non !
vous êtes trop intelligente. Non ! il y a trop
sur votre front la marque de la science de la
vie et de ses angoisses, pour que vous ne sus-
siez pas ce que je souffrais et ce qui me faisait
souffrir... Pourtant, ne vous étiez-vous pas
déjà trompée sur mon amour ? Ne l'aviez-vous
pas pris pour un enfantillage dont mon imagination seule faisait une souffrance ? Ne pou-
viez-vous vous tromper encore ? Voilà ce que
je me disais. Mais j'ai surpris votre regard

tant de fois attaché sur moi avec une expression si singulière; j'ai si bien vu et j'ai si mal
compris, que je viens vous demander à vous-
même ce qu'il me faut penser de vous. Vous
voyez bien qu'il s'agit du présent, Madame, et
non pas de votre passé!

« Plus je vous aime, Madame, et plus je me
détache de Camille, cette pauvre petite que
j'aimais comme on aime une sœur. Dans les
premiers instants de cet amour que vous avez
deviné, tout en vous méprenant sur sa puissance, je trouvais une ressemblance vague,
éloignée, indéfinie mais délicieuse, à son visage
avec le visage de sa mère. Si elle avait été
moins innocente, peut-être les baisers que,
dans nos jeux, je déposais longuement sur ses
paupières, auraient-ils troublé son repos? Insensé rêveur! J'aimais Camille, parce qu'elle
était votre fille. Je vous imaginais à son âge.
Je me faisais par la pensée votre compagnon
d'enfance, et j'éprouvais des bonheurs inouïs
à vous dire: « toi » en lui parlant. Ah! ces délices folles me rendaient coupable au fond de
l'âme, mais coupable seul, rassurez-vous!
L'ignorante enfant ne sentit rien de mes ardeurs à travers l'amiante de son innocence.

I.   10

Sur mes genoux, où je la prenais quelquefois
après de longues promenades ensemble, elle
était aussi naïve et aussi joyeuse qu'avec vous.
Moi, je me taisais, je regardais ses yeux et j'y
cherchais les vôtres. J'embrassais ses cheveux
avec trouble, ses cheveux imprégnés peut-être
du même parfum qui s'exhalait de ceux que je
n'avais jamais respirés. Je lui demandais si
elle vous aimait, où vous l'aviez embrassée le
matin même... et je poursuivais un vestige du
baiser maternel sur ce frais visage tranquille
et pur, et qui, accoutumé à mes caresses, me
disait, comme il vous l'eût dit à vous-même :
« Oui ! embrassez-moi sur les yeux, pour les
guérir, car le bleu du ciel leur a fait mal à regarder en l'air si longtemps pour recevoir le
volant sur ma raquette. » Lorsque nous avions
bien couru après les papillons du jardin, je la
prenais dans mes bras et je la portais, et je
sentais son bras, à travers la toile fine de sa
robe, contre mon cou nud qu'elle enlaçait. Je
me disais qu'elle était votre chair, que le sang
qui passait dans la chair de ce bras était votre
sang, et je fermais les yeux, tout en la por-
tant, d'une volupté indicible.

« Mais ces moments-là furent de courte durée. L'enchantement fuyait à mesure que mon amour pour vous se prononçait davantage. L'enfant ne pouvait remplacer la femme. *C'était l'oiseau moqueur, et non le rossignol !* Je jouais encore avec Camille, mais je n'y trouvais plus le même charme. Elle venait sous les saules du bord de l'eau, où je passais mes journées à penser à vous, que j'avais vue, assise ou debout, dans le salon, et à qui, ainsi posée, je rêvais des temps infinis, ne songeant à interrompre ma rêverie que pour aller vous revoir encore ; — le cœur et les yeux pleins de vous, je cherchais encore vous dans Camille... Mais sa taille de guêpe, sa poitrine de jeune garçon, ses éclats de rire... Non ! ce n'était pas vous, vous si imposante et si grave, avec ce buste fort et pliant et ces larges épaules épanouies, dans la blonde noire de l'échancrure de la robe, comme un fruit mûr dans une corbeille à jour. Non ! ce n'était pas vous, et je le savais bien ! Folie du cœur ! misérable délire ! Ce regard, cet écho du vôtre, voici que je le trouvais trop humide. Ainsi, je me séparais de tout ce que j'avais idolâtré, parce que mon amour avait grandi plus vite que cette petite fille. Et je la trouvais bien osée, l'impubère

qu'elle était, de vous ressembler, à vous, dans
le sein gonflé de qui la vie battait son plein,
comme la mer sur le rivage qu'elle va quitter !
Pauvre étoile ! dont le soleil de mes rêves noyait
la lueur dans son éclat, quoique cet éclat dévorant et cette lueur timide fussent faits de la
même lumière tous les deux.

« Cette souffrance d'imagination, dont Camille était la cause involontaire, durait depuis
quelque temps, quand, un jour où vous aviez
été plus terrible que jamais pour ce cœur eni-
vré, un jour où vous aviez effacé ces femmes
jeunes que j'entends trouver belles et qui passent l'été aux Saules, Camille, étourdie et
joyeuse, vint troubler mes rêveries de flamme
sous le saule où je m'étais réfugié. Elle avait
une fleur, une abeille, je ne sais quoi à me
montrer... Je la renvoyai comme une enfant
qu'elle était. Je fus maussade pour elle. A
partir de ce jour, je l'ai toujours été davantage. C'est qu'une idée — une idée affreuse ! —
commençait à poindre dans mon esprit et s'enfonçait dans mon cœur... Ah ! Madame, que
je vous aimais !

« Il est impossible que vous ne connaissiez
pas cette idée fatale, mais encore à l'heure où

vous m'essuyiez les yeux avec votre mouchoir,
à l'heure où vous me permettiez de rester près
de vous, croyant, dans votre superbe et exé-
crable expérience, que ce trop-plein de sensibilité qui s'épanchait sur vous s'en détourne-
rait et inonderait au premier jour quelque plus
jeune créature, je la cachai, cette idée amère.
Je la cachai dans mon cœur, en mettant les
deux mains dessus. Faible et éploré devant
vous, il n'en passa rien dans mes larmes, et
vous ne soupçonnâtes pas que l'écolier, l'enfant, le rêveur, la tête perdue qui pleurait là,
à vos genoux, vous cachait pourtant une douleur à briser la poitrine d'un homme !

« Elle y serait morte, Madame. Oui ! je l'y
aurais courageusement ensevelie, quelle qu'eût
été la destinée de mon amour, si, depuis ce
même jour où vous forçâtes à me revenir Camille, que ma froideur avait éloignée, vous
n'aviez pas pris plaisir à l'accabler devant moi
de caresses. Je trouvais votre conduite étrange,
inouïe, impénétrable, puisque je ne l'aurais
expliquée qu'en vous rapetissant, ce qui m'était
impossible. J'acceptais cette peine qui me venait de vous en reconnaissance de ce que vous
ne m'aviez pas banni, — de ce que vous m'aviez

souffert vous aimer... Mais, ce matin, un mot
qui vous a échappé a mis à bout mon courage. Rappelez-vous, quand nous sommes ren-
trés au salon après notre promenade aux bords
de la Douve?... Vous avez regardé Camille,
plus animée qu'à l'ordinaire par la chaleur et
l'exercice. Son visage, brûlé par le soleil, allait
bien au velours noir de son béret basque. Elle
avait noué sa frêle écharpe en cravate autour
de son cou, pour le préserver des rayons trop
vifs. Cette coiffure inclinée sur l'oreille et cette
cravate improvisée, lui donnaient un air plus
masculin que de coutume. Vous l'avez regar-
dée longtemps sans rien dire, et puis vous
vous êtes écriée, en l'étreignant et en l'embras-
sant : « Ah ! comme tu ressembles à ton père ! »
Il y a eu tant d'âme dans votre accent, tant
d'affection passionnée dans cette caresse soudaine, tant de maternité orgueilleuse dans l'un
et dans l'autre, tant de souvenirs évoqués tout
à coup... que j'ai saisi l'horrible certitude qui
ne m'avait apparu que dans les rapides éclairs
du doute, et que je me suis enfui, pour ne pas
montrer les bouleversements intérieurs que ce
mot avait soulevés en moi !

« J'ai erré toute la journée aux environs du

château, en proie à des agitations contraires, à des rages, à des accès de pleurs, douloureux comme une agonie. Je ne suis rentré qu'après avoir pris la résolution de vous écrire. Vous êtes tellement ma souveraine, vous m'enchaînez tellement rien qu'à voir, je suis si tremblant devant vous, que j'ai le courage de vous écrire ce que je ne vous dirais pas. Dans cette lettre, Madame, vous ne devez pas voir un reproche. Le reproche appartient à qui possède des droits. Le reproche va du trahi au traître. Mais moi, je n'ai pas de droits et vous ne pouviez me trahir, puisque vous ne m'aviez rien promis ni rien accordé, pas même une espérance, pas même la foi à la durée du sentiment que je vous donnais!! Oh! Madame, j'étais bien à plaindre, mais vous, vous n'étiez pas coupable! En vous accusant, je n'aurais pas été seulement injuste, mais insensé. Seulement, je voulais que celui dont vous aviez fait peut-être quelque chose comme un Chérubin aux pieds de sa belle marraine et avec qui vous étiez restée digne et maternelle, je voulais que vous le tirassiez de si bas dans votre pensée en le connaissant davantage, ne fût-ce, au moins, que pour le plaindre d'une autre

pitié que celle dont vous vous étiez sentie émue
quand il sanglotait à vos pieds.

« Que vous m'avez fait de mal, Madame !
Pourquoi ne m'avez-vous pas chassé de chez
vous ? Pourquoi mes larmes vous ont-elles fléchie ? Pourquoi avez-vous craint de m'affliger ?
Pourquoi avez-vous attendu que mon amour
fût plus grand, plus fort, plus vivace, pour
m'imposer des douleurs que je ne puis plus
supporter ?... A présent que je vous ai dit un
peu mieux comment je vous aime, quel parti
prendrez-vous avec moi ? Je ne veux pas
me placer comme un obstacle entre vous et
votre fille, mais je demande à ne plus être le
témoin de ces tendresses auxquelles vous ne
m'aviez pas accoutumé. Ah ! l'imagination est
bien assez cruelle. Vous n'avez pas besoin
d'ajouter à ses tourments ceux d'une réalité
non plus seulement soupçonnée. Vous pouvez
être charitable, généreuse, magnanime avec
moi ; je serai toujours assez malheureux ! »

VI

« J e le croyais, mais je n'en étais pas
sûre », — dit-elle, après avoir lu
cette lettre, d'une passion préma-
turée. Madame de Scudemor ve-
nait de se jeter au lit, et, dans sa préoccupation, elle n'avait pas ramené sur ses épaules la
couverture de soie qu'elle pressait de ses pieds
nuds. Ses légers et blancs vêtements de nuit
l'enveloppaient de leurs longs plis onduleux.
Appuyée sur son coude, elle relisait la lettre
d'Allan de Cynthry, et, tout en la relisant à la
clarté de la veilleuse, elle se rongeait l'ongle

rose de l'index de son autre main. Ce front
vaste et un peu bombé où avaient passé tant
de choses, paraissait pâle comme la mort dans
cet appartement sombre, qui n'avait pour
l'éclairer qu'un point vacillant et lumineux
dans l'albâtre embrâsé d'une lampe suspen-
due au plafond. Le visage de madame de Scudemor, préoccupé, n'accusait aucune émotion
intérieure. Son calme habituel régnait à l'en-
tour. Ce pli d'entre ses deux sourcils, qui ressemblait à une contraction, n'était qu'un chiffre, — mais un chiffre terrible, celui de l'âge
de la comtesse, marqué durement en creux sur
ce front où bientôt il se creuserait davantage...
Mais nulle autre expression que cette ombre
de l'âge qui s'en venait n'apparaissait dans
les grands yeux de la comtesse de Scudemor.
Allan avait bien vu, du reste: Camille avait
hérité de ces yeux-là. Seulement, chez l'enfant, ils étincelaient de ce feu humide qui est
si doux, et, chez la mère, de ce feu sec qui
est si âpre.

Le plafond se rompait à la fenêtre ouverte,
et, à la place, on voyait une nappe d'un bleu
noir, semé d'or. C'était le ciel, rayonnant des
mille aigrettes de ses étoiles. La nuit était pro-

fonde. Le marais, au loin, silencieux. Il n'y avait pas un souffle dans l'air, et la pendule piquait, à temps égaux, le silence universel de ses tic-tacs imperceptibles.

Après un quart d'heure d'immobilité et de pensée, Yseult de Scudemor se leva, mit ses pieds nuds dans ses pantoufles, et jeta, sur la mousseline presque transparente qui la couvrait, un manteau de velours noir oublié au dossier d'un fauteuil; puis, prenant la veilleuse, elle s'assit en face d'un secrétaire, qu'elle ouvrit. Elle était majestueusement belle alors. Elle s'harmonisait avec une sympathie si extraordinaire avec la magnifique nuit qui l'entourait, que l'amour d'Allan eût été compréhensible à ceux qui l'auraient vue, même aux plus sensuels en amour. Les femmes de quarante ans ne resplendissent qu'entre minuit et une heure. Ceux qui ne les ont pas vues à cette heure-là, ne peuvent en parler. C'est « l'heure des morts », dit la ballade. Aussi la vision de la Jeunesse, Revenant rose et mélancolique plus beau et plus touchant que la vie, s'élance du cercueil pour quelques instants, jusqu'à ce que le Matin auroral et blondissant ne trouve plus que la pâleur fauve, l'œil fatigué, la ride

visible, les flétrissures, — toutes les vengeances
d'un jour qui étincelle, parce que cette femme,
à la fin humiliée, fut longtemps plus belle que
le Jour !

Elle écrivit. De minute en minute, elle
passait sa main sur ses cheveux lissés aux
tempes, tout en écrivant. — Une porte était
ouverte dans l'appartement de madame de Scudemor. Tout à coup, une tête s'avança dans la
porte.

— « Es-tu souffrante, maman ? — dit Camille,
avec son palais de cristal tintant délicieusement dans la nuit muette et s'adoucissant
dans le velours de ses lèvres. — Je t'ai entendue marcher. J'ai cru que tu avais besoin
de moi ?

— Non ! merci, mon enfant. Va te recoucher
et prends garde d'avoir froid, » — répondit
madame de Scudemor en continuant d'écrire.
Quand elle eut fini, elle alla à la fenêtre,
qu'elle ferma, après avoir cueilli un bouquet
aux jasmins qui en tapissaient les contours,
revint au lit et s'endormit bientôt. Création
qui accomplissait ses lois avec lenteur et
silence, sans qu'un trouble, un frémissement
jetât aux surfaces de cet Océan une émotion

arrachée aux gouffres de l'âme, un peu d'écume murmurante, un débris de varech détaché des rochers à fleur d'eau du Passé, et dont les hauts pics disparus ne faisaient pas un pli au-dessus de la vie reposée...

VII

MADAME DE SCUDEMOR A ALLAN

OUI ! vous avez raison, Allan, pourquoi vos larmes m'ont-elles fléchie ! Celui-là qui a fait le cœur
de la femme le sait seul. A l'autre
extrémité de la vie, blessée par les hommes et
les choses, cicatrisée par la réflexion et le mépris, je me croyais forte à tout jamais, et des
pleurs encore, des pleurs, quand j'en ai vu tant
verser qui n'étaient que des hypocrisies abo-
minables, m'ont empêchée de vous éloigner de

moi. Ah ! la cuirasse de la femme est toujours faussée à l'endroit du cœur. Si vous aviez été un homme, peut-être la pitié ne m'eût-elle pas saisie. Mais à votre âge, on ne trompe point. On est vrai. Être vrai, c'est presque être pur ; c'est être le contraire de tout ce que j'ai vu, et, le dirai-je ? aimé aussi. Voilà probablement, Allan, pourquoi vos larmes m'ont fléchie.

« Et puis, ma pitié s'est augmentée de la superstition de la douleur. J'ai tant souffert, mon jeune ami, que la douleur m'est chose sacrée. Vous paraissiez tellement à plaindre, que je n'ai pas voulu rendre votre chagrin plus cuisant encore. Misérable calcul, puis-qu'en refusant de prendre sur ma tête la res-ponsabilité de vos larmes, j'en appelais une autre bien plus pesante à porter !

« Oui ! je me suis trompée ; oui ! j'ai été aveugle quand votre amour m'a semblé n'être qu'un premier sentiment et un résultat de votre âge, de votre imagination exubérante et embràsée et des circonstances dans lesquelles vous étiez placé. J'ignorais à quel point votre sentiment pour moi était profond... J'espérais qu'il ne serait qu'une préoccupation éphé-mère. Accusez-moi ! — condamnez-moi ! je vous

le pardonne ; mais, sachez que depuis le jour
où je vous vis embrasser Camille avec répugnance, je voulus n'avoir plus à m'abuser sur
le sentiment silencieux qui se trahissait de manière à m'épouvanter pour l'avenir.

« Vous comprendrez plus tard, mon ami,
pourquoi j'ai ravalé votre amour jusqu'à n'être
que... ce qu'il n'est pas. Il y a du passé dans
tous les jugements d'une femme. Mais c'est
au nom de ma pitié même, que je reprends ma
pitié ! Maintenant que je ne crois plus à un
caprice qu'il était dangereux d'irriter, maintenant que vous m'avez dénudé votre âme, je
vous répéterai le mot qui vous afflige, mais
qui doit vous sauver : — Allan ! il faut que vous
partiez. Quittez-moi. Voyagez. Vous êtes jeune
et poétique ; vous vous déprendrez aisément
de moi pour vous prendre à tant de choses !
De nouveaux amours écloront dans ce cœur
qui s'essaie à aimer. Un avenir s'ouvre devant
vous, brillant et vaste. Ne restez pas lâche-
ment à l'écart de cet avenir, et laissez-moi, sur
les confins de ma vie terminée, assise à terre,
défaite des fatigues du voyage et du temps trop
long qu'il a duré !

« D'ailleurs, Allan, que voulez-vous de

moi ?... J'ai trop vécu et je ne fus jamais
assez prude pour ne pas savoir, à leur premier souffle, quelles sont les exigences des
passions. C'est de l'amour que vous voulez,
Allan, et je n'en ai point à vous donner. Mon
Dieu ! je comprends que l'on joue son immortalité à pile ou face ; je conçois que, toute la
vie, on la mette sur le dé pipé d'un amour fragile et qu'on la risque ainsi, sans sourciller...
Mais ne faut-il pas qu'un autre amour soit à
l'enjeu ?... Ne faut-il pas que quelque chose
d'actuel, mais d'enivrant, une chance de bonheur rapide, mais immense, contre le millier
de chances de dépérissement, de regret, de
misère, de néant, qui vous menacent ?... Gon-
flez, exagérez la passion, encore suppose-t-elle
cette pauvre chance, qui trop souvent lui manque... Mais si jusqu'à cette supposition est
impossible, est-ce de la passion qu'il faut appeler un pareil désordre dans la nature humaine ? et n'est-ce pas plutôt une honteuse et
incurable extravagance que l'on dignifie avec
ce nom-là ?...

« Vous partirez, Allan ! cela est sûr maintenant. J'aime mieux que vous souffriez pendant quelques instants d'une jeunesse qui vous

I. 12

dédommagera plus tard, que de vous exposer
à des regrets affreux, et moi, à des remords
éternels! Il ne m'est plus permis d'être légère,
et, de vanité, je ne crois pas qu'il en soit resté
beaucoup dans mon cœur. Vous partirez donc,
cruel enfant, puisque vous n'eûtes pas assez
de l'amitié maternelle d'une femme de mon
âge! Seulement, pour rendre, non pas vos
adieux, mais votre séjour loin de moi moins
pénible, j'aurai le courage de briser votre
dernière espérance... si vous en nourrissiez
une encore, sans le savoir, dans l'ombre de
votre cœur. Je vous ferai encore ce mal-là,
pour que vous me le pardonniez et que vous
m'en remerciiez un jour... Ce jour n'est pas
éloigné, Allan! Vous serez guéri, et moi tout
à fait vieille. Vous resplendirez de l'auréole de
la jeunesse, et de cette gloire de la vie il y
aura de quoi faire un rayon doux pour mes
cheveux blancs. »

VIII

DEUX jours avaient suivi cette lettre. Aucun événement insolite n'avait eu lieu au château des Saules. Les heures s'y enchaînaient aux heures de la même façon qu'à l'ordinaire. Comme les jours précédents, on y vivait avec cette diffusion, ce laisser-aller, cette non-curance dont on jouit si bien à la campagne. On ne s'occupait les uns des autres que le soir, parce que le soir, les promenades finies, on se rassemblait dans le grand salon. Des jeunes femmes qui se trouvaient là jouaient du piano

ou de la harpe, les fenêtres ouvertes, au clair
de lune, assez avant dans la nuit, ou l'on
causait de Paris, de l'hiver prochain, d'une
brochure nouvelle. Cette vie-là, on n'a pas
besoin de la décrire. Tout le monde la sait.

Au milieu de tous ces corsets où la chair
respirait en repos, parmi ces dandys, des Italiens, et ces femmes mignardes et pâlottes, aux
yeux en amande et aux poignets d'Andalouse,
dignes odalisques de sultans si éreintés de
cœur et de corps, il y avait un drame, pourtant, un drame, cette chose rare! qui se jouait
entre deux personnages, comme entre Pygma-
lion et sa statue, et que tous ces yeux de
myope ne voyaient pas, à travers leurs lorgnons
carrés. Il fallait que la vanité rendît cette
société bien imbécile, pour qu'au moins un
soupçon ne remuât pas leurs cervelles de
linotte en voyant le visage d'Allan. Il faisait
trembler. Sa pâleur avait des nuances vertes,
et son beau front un abattement de foudroyé.
Il ne revenait plus que très tard au salon, et
il n'y avait que Camille qui entendît sa mère
quand elle lui disait quelquefois, tout bas,
dans le bruit des conversations : « Allan, mon
ami, du courage ! »

Il avait été atterré du coup de la lettre que madame de Scudemor lui avait écrite. Mais à force de souffrir, l'âme se bronze, et la passion, c'est aussi de la volonté! Il sentait, confusément encore, il est vrai, qu'il résisterait aux injonctions de la femme aimée à l'empire de laquelle il voulait enfin se soustraire, dans l'intérêt de son amour même. Mais il sentait aussi qu'à cette raison froide et bienveillante qu'on lui opposait, il n'y avait pas de remède. L'âme de cette femme était close, cette destinée enfermée dans un cercle de fer: tout fini! comme si la pelletée de terre y avait passé. Seulement, il se promettait qu'on ne l'arracherait point aux colonnes de ce tombeau de marbre doux et glacé, — si c'était un tombeau, toutefois, si ce n'était pas plutôt un sarcophage, auquel, hélas! la cendre même aurait manqué.

Il avait à peine saisi le sens des dernières lignes de madame de Scudemor. Cependant, il prévoyait qu'elle lui parlerait une dernière fois. Mais il était bien résolu à se roidir, à se révolter contre l'ascendant qu'elle avait sur ses facultés confondues. Délire! délire! Toujours nos passions se mesurent à la lâcheté qui en est le fruit.

Un soir, il vint se placer sur un canapé où elle était assise, indifférente comme toujours à ce qu'on disait, mais non distraite, et causant avec le désintérêt qu'elle avait pour tout. Délicieuse impression causée par la présence de ce qu'on aime! voilà quarante-huit heures qu'Allan avait dévoré des siècles d'anxiété et de souffrances, et cette âme si saturée et si pleine s'anéantit tout à coup au fond des organes enivrés. Il passa deux heures, cœur en lambeaux, yeux, oreilles et pensée, à regarder les admirables bras de madame de Scudemor dans la transparence des manches de son corsage.

La conversation, dans le salon, était fort animée et scindée par groupes. Les hommes parlaient politique et assez haut, les femmes chuchotaient ensemble, et de ces différents tons de voix résultait une confusion qui permettait de glisser quelques mots à l'oreille de son voisin sans être entendu ni remarqué. C'est ce qui arriva, quand madame de Scudemor dit à Allan : « Allez m'attendre dans le petit bois. » Camille était assise alors sur un tabouret aux pieds de sa mère. Elle était là, droite et silencieuse. Elle aurait été la seule

qui eût pu entendre madame de Scudemor,
et, naïve et fougueuse comme elle l'était,
avec sa curiosité de petite fille, elle eût pu
hasarder une question. Elle se tut. Pas un
linéament de sa mobile physionomie ne bougea.

Ce mot, dit à voix basse, rappela Allan à la
vie de douleur. Il pressentait que ce mot
cachait un adieu, un dernier ordre, cette
cruauté qu'elle lui avait annoncée et dont il
serait la victime. Remède violent, qui n'empê-
cherait pas le malade de mourir... Il se sou-
vint de ses résolutions. Encore une fois, il
était convaincu qu'il ne pourrait ni ne voudrait quitter cette femme qu'il aimait sans
espoir, mais il tremblait de la lutte qui allait
s'engager entre elle et lui. Il se trouvait la
puissance de l'énergie, — puissance qu'il
n'avait jamais exercée, — mais, subjugué dans
les derniers replis de son âme par madame de
Scudemor, il avait peur que cette énergie, en
laquelle il n'avait pas la sécurité absolue de la
foi, fût brisée. Sentiment amer, puisqu'il
comprend la crainte de la mésestime de soi-
même!

Il sortit bientôt du salon et gagna l'endroit
indiqué. Ce *petit bois*, planté sur une langue

de terre opposée au marais, de l'autre côté
du château, était une retraite fraîche, om-
breuse et sombre, formée par de nombreux
sapins, des acacias et des cyprès. Entre les
pieds de ces arbres, on avait semé au hasard
une grande quantité de fleurs, et ces fleurs,
intouchées du soleil, vivaient pâles et lan-
guissantes sous ces arbres; mais on eût dit
que ce qu'elles perdaient en éclat, elles le
regagnaient en parfums. C'était le bouquet
virginal de la Nuit. Il n'y avait là pour sa
chaste haleine que des bouches ineffleurées,
des fronts purs et l'ignorance des sourires du
ciel. Jamais la trace tiède encore d'une lèvre
disparue, la lassitude d'une caresse ou les
langueurs muettes d'un souvenir, mais quelquefois, dans ces seins de fleurs à demi fermées, une goutte de la rosée du soir, conservée
comme un témoignage de l'immatériel amour
de la Nuit dans ce célibat du soleil... Touchant symbole de bien des destinées! Que
d'êtres conservent aussi, dans le célibat du
cœur, une larme qu'ils ont recueillie, parce
que jamais, hélas! il ne leur sera donné
davantage.

La nuit était sombre. Allan s'assit sur un

banc, au fond de ce bois où les odeurs étaient
presque humides et s'imprégnaient opiniâtre-
ment dans les vêtements. Les syringas, aux
parfums dardant dans la cervelle et voluptueux jusqu'à la douleur, s'épanouissaient
autour de lui. A une lieue de là, du côté des
terres, car le château et le jardin des Saules
dessinaient un isthme dont la pointe était le
marais, on entendait chanter un rossignol, et
c'était une mélancolie de plus que ces modu-
lations d'oiseau veloutées par la distance et
qui ébranlaient seules le silence infini de l'espace, où, de temps à autre, il passait un
souffle muet.

Mais la nature était un livre fermé pour
Allan. Il regardait, à travers les interstices des
feuilles, les fenêtres du château des Saules,
points lumineux dans l'obscurité. Il épiait
avec anxiété le moment où l'on quitterait le
salon et où chaque personne se retirerait dans
son appartement.

Au bout d'une heure, il entendit venir un
pas ferme et rapide. Il aurait fallu le poi-
gnarder juste au milieu du cœur pour lui
trouver du sang. Tout ce qu'il en avait battait là.

1.   13

— « Vous êtes là, n'est-ce pas, Allan ? » — fit
madame de Scudemor, d'une voix tranquille.
Un *oui* indistinct — car l'émotion colle la voix
à nos gorges au point que nous ne pouvons
l'en arracher — fut toute la réponse qui suivit.

Sous ces arbres, on n'y voyait goutte... Elle
s'assit sur le banc, assez loin de lui. Heureu-
sement pour elle, il n'avait que dix-sept ans
et il l'aimait! Mais s'il avait eu davantage ou
qu'il l'eût aimée moins, pour peu que, par
hasard, dans le rapprochement de ce banc, il
eût touché seulement du sien ce bras qu'il
avait tant admiré dans le salon, ah! comme
elle eût payé cher cette imprudence d'un rendez-vous dans les ténèbres donné à un homme
qui meurt de désir.

Mais il l'aimait d'un amour vrai et timide,
du premier amour de la vie. Seulement qu'a-
vait-elle donc, elle, pour être si follement im-
prudente?...

Ce qu'elle avait? Le malheureux allait l'apprendre.

Après un instant de silence, qui lui parut
plus long que l'heure qu'il avait attendue :

— « Deux jours passés depuis que je vous
ai écrit, — dit-elle, — n'ont rien changé à mes

résolutions. Au contraire. Ils les ont affermies.
Je vous ai promis que, pour vous rendre
l'éloignement moins cruel, je vous causerais
une dernière peine, la peine salutaire, et que
j'empoisonnerais nos adieux de mes confidences. Car, toute espérance arrachée, l'âme
prend son parti et se résigne ; mais quand elle
en conserve encore, le mal s'éternise et les
désirs sont justifiés.

— C'est inutile ! » — fit-il, pour répondre...
mais il se contint. Une curiosité brûlante
surgit en lui. Il était las du mystère. Il voulait
savoir tout, même ce qu'il redoutait le plus.
Il avait soif de détails. Elle continua :

— « Allan, vous allez savoir ma vie. Ce que
je n'aurais jamais raconté à qui que ce soit,
je vais vous le raconter, à vous, garçon de
dix-sept ans... Ce que homme ni femme n'a
jamais entendu, vous l'entendrez, vous. Quand
cela sera fait, j'espère que vous ne m'aimerez
plus. Ou si l'impression que je vous ai causée
dure encore, elle s'affaiblira de plus en plus,
et, dans l'absence, finira par s'effacer entièrement. »

Alors, avec cette voix rauque et lassée qu'il
connaissait, et qui, dans le monde, ne disait

que des choses très pâles, elle commença ses
confidences et elle tira de sa gaîne une femme
que le monde ne connaissait pas :

« Je ne suis pas Italienne, — dit-elle, —
mais j'ai été élevée en Italie, dans le couvent
de San-Lorenzo, auprès de Florence. Une de
mes tantes me donna à une de ses amies,
supérieure de ce couvent. Je crois, en vérité,
qu'elle était bien aise de se défaire de moi,
orpheline, à sa charge de soins, de surveillance
et d'affection. J'avais perdu mes parents en
bas âge, je devais posséder une immense fortune, et je recevais la plus détestable éducation. Tels furent les seuls événements de ma
vie jusqu'à quinze ans.

« Mais, à quinze ans, les événements sont
en nous ! C'est le point du jour de la vie. De
l'autre côté de mes quinze ans, il n'y a que de
l'ombre, du vide, et je ne me rappelle pas
plus ce temps-là que celui où j'étais au berceau. J'avais été assez richement douée d'intelligence pour que cette intelligence échappât
à l'inertie de mon éducation méridionale. Plus
tard, j'ai développé cette intelligence, qui m'a
servi à juger la vie et non pas à la deviner.

« Quoique du pays des dames à plumes que

mademoiselle de L'Espinasse fustigeait de son
ardent mépris, il y avait en moi plus de passion qu'en toutes ces filles d'Italie dont l'enfance était mêlée à la mienne. Leur teint était
plus foncé que mon teint, la chaleur de leurs
regards plus *sous-nue* que celle de mon regard,
leurs paupières plus mantilles mi-closes que
les miennes; mais la passion, chez elles,
c'était le serpent qui se mord la queue. Chez
moi, c'était le serpent qui étreignait l'arbre de
la science pour goûter au fruit défendu. Elles
passaient des heures entières le front dans
leurs mains, le sein gonflé, une larme chaude
pesant à leurs paupières de soie, et, stupides
de troubles sans nom, rouges de désirs au
moindre souffle qui leur léchait le cou dans
ces lascifs climats du Midi, elles attendaient
ainsi la nuit et ses songes et tous ses délires.
— Heure bien aimée, avec ses frissonnements,
ses peurs de se pâmer et sa solitude, sous les
rideaux qui gardent tous les secrets!... Oh!
déjà, pour moi, cela était trop vague. A moi,
les désirs étaient plus substantiels. Les troubles, je les nommais tout bas, et il fallait
pour me repaître autre chose qu'une ivresse
concentrée prise à respirer les blanches fleurs

de nos marronniers dont nous nous faisions
des diadèmes.

« Mon enfant, il n'y a de beau dans ce
monde que ce qui est pur ! A l'heure que je
vous parle, Allan, je n'éprouve point le sentiment d'une honte lâche à vous faire lire dans
mon passé et à vous dire : « Croyez-en la femme
qui ne s'absout pas elle-même ! la pureté est
le seul beau caractère de notre nature. »
L'amour, cette puissance de dévouements
infinis, l'amour n'est si beau que parce qu'il
nous purifie ! S'il y a plus saint que la vierge
de quinze années, c'est la femme pour qui
tout n'est plus incompréhensible ; et plus saint
encore que cette dernière, c'est celle qui a tout
compris et pour qui tout comprendre n'a pas
été une souillure. Oh ! à quinze ans, quand on
n'est qu'une faible enfant, que l'on n'a à baiser que le front de sa mère et les pieds de
son crucifix d'ivoire, il n'est pas bien difficile
de conserver ce précieux trésor de pureté, qui,
une fois perdu, ne se retrouve plus et n'est
remplacé par rien désormais. Eh bien, cela
même, Allan, je ne l'avais plus à quinze ans,
et mon premier amour fut défloré dans le
fond de mon âme par ma première amitié !

« Allan, quand on a l'âme ardente et que l'imagination est éclose, la passion vient troubler et amertumer nos sentiments les plus innocents et les plus doux. Au lieu de rêver comme elles toutes, je cherchais à vivre. Au lieu du désir d'aimer dont elles se berçaient toutes jusqu'à l'enivrement, moi, je me précipitais à l'amour avec furie. Je vivais plus vite qu'elles, et je vivais davantage à la fois.

« Il y avait, parmi les plus rêveuses d'entre nous, une jeune fille napolitaine dont les cheveux étaient blonds comme blondes sont les feuilles jaunies par l'automne, et dont le visage et les épaules étaient inondés comme d'un reflet de cette chevelure fauve et bouclée. Certainement, c'était la plus belle de nous toutes. Elle était moins grande que moi et plus mince. Le soleil de son pays s'était vengé sur ses noirs sourcils et ses paupières de n'avoir pu foncer cette résistante chevelure. Tranchant sous le double cadre d'ébène de ses sourcils, ses prunelles, d'un bleu pâle et mat, ressemblaient à des turquoises enchâssées dans un bracelet de jais, et elles étaient d'une telle tristesse que l'éclair n'en partait jamais et que même les pleurs n'y étincelaient pas. Je me

pris pour cette jeune fille de la plus folle ido-
lâtrie. Mais, Allan, si cette affection exaltée
avait été seulement de l'amitié de jeune fille
à jeune fille, vous aurais-je dit qu'elle était
belle? Vous aurais-je parlé d'autre chose que
de son cœur?...

« Est-ce qu'il n'y aurait donc qu'une manière d'aimer, et serait-il vrai que toutes ces
distinctions dans ce point intangible que nous
appelons notre cœur sont des chimères ou des
mensonges? Oh! alors, je m'expliquerais pourquoi je tremblais en m'approchant d'elle,
pourquoi je rougissais quand elle me regardait
de son œil bleuâtre et triste, pourquoi les
yeux bandés, dans nos jeux, je la reconnais-
sais sans la toucher aux mouvements qui s'éle-
vaient en moi quand je l'approchais, et je
l'approchais toujours. Mais elle m'aimait aussi,
elle, et pourtant elle était calme dans nos
entretiens. Ses caresses fraîchissaient sous les
miennes. Si elle rougissait, ce n'était pas moi
qui la faisais rougir... C'était quelque vague
espérance, germe d'un monde déposé dans le
chaos de l'avenir; c'était la hâte d'avoir quelques jours de plus sur son âme; c'était l'insuf-
fisance de tout ce qui me suffisait, à moi, plus

riche et plus infortunée. Elle m'aimait, mais que de fois, sous les orangers fleurissants, assises toutes deux, moi défaillante de la voir, elle ne s'apercevait même pas que sa main était dans la mienne et que je lui répétait insatiablement : « A quoi penses-tu?... » Alors, elle ramenait du ciel, où il s'était perdu comme un oiseau sur la mer haute, son regard, inanimé débris échouant dans le mien qui le dévorait; puis, des larmes comme je n'en ai jamais pu répandre, car mes lèvres les trouvaient glacées, lui jaillissaient des paupières, et j'attendais qu'elles eussent coulé jusqu'à sa bouche pour les recueillir.

« Mon état devait rester à jamais inconnu pour elle, non que je ne le connusse pas moi-même, mais parce que j'étais sa sœur aînée en fait de passions. Oui! j'aurais pu lui expliquer tout ce qui fermentait si fort en moi, car je ne l'ignorais pas, je vous le répète; j'aurais tout nommé de mes vouloirs coupables et de mes désirs insensés, mais une timidité invincible m'a toujours retenue. Une nuit, surtout, une nuit terrible, écoulée à haleter, flancs et pieds nuds, près du lit où elle reposait en silence et dont ma main tremblante

I. 14

n'osa pas toucher le rideau, cette timidité me
ramena épuisée dans ma couche. J'étais pudi-
que, parce que j'étais passionnée. La pudeur,
Allan, c'est l'aurore de la passion, qui commence par une rougeur dans l'âme comme
dans le ciel. La pudeur est une jouissance que
l'on cache et qui vous trahit. C'est la première flétrissure de l'innocence de la femme.

« Je passai vingt-sept mois ainsi. Au bout
de ce temps, ma tante vint me chercher et
me ramena en France, où je devais entrer dans
le monde. J'eus un affreux chagrin de quitter
San-Lorenzo. Je pleurai moins que celle que
j'aimais, cependant. J'étais si sûre de ne pas
être nécessaire à sa vie, qu'il se mêla aux
angoisses de nos adieux quelque chose d'ari-
dement résigné. Un sentiment comme le mien
était exigeant et orgueilleux. Je souffrais de
n'être qu'une camarade de pension pour celle
qui était mon idole. Nous promîmes de nous
écrire, et je partis.

« Ils crurent, en France, que je ne revenais si
triste d'Italie que parce que j'y avais laissé des
amitiés de couvent. Ma tante aussi le crut,
mais bientôt elle fut détrompée. Ma tristesse
lui devint inexplicable, quand, à la cinquième

lettre datée de Florence, elle vit que je ne
répondais plus. Les lettres de Margarita étaient
elle moins elle, — moins ses regards, ses
cheveux, ses épaules; moins tout ce que j'avais
idolâtré! Ces lettres m'apportaient chaque fois
une déception, un désenchantement, une
douleur mêlée de mépris. Du moins, quand
je la voyais encore, je pouvais croire qu'elle
devinait comment je l'aimais à l'éloquence de
mes étreintes, à la violence de mes regards!
Puisqu'un impérieux sentiment de honte m'empêchait de lui avouer ce qui m'eût rendue plus
coupable, car peut-être l'eussé-je entraînée,
du moins je pouvais savourer, au nom de
l'amitié comme elle la sentait, tout ce qui ne
rassasiait pas la mienne... Quand j'avais le
bras noué à son cou, le sein battant contre
son sein immobile; quand j'illuminais l'onduleuse courbure de son front cuivré des gerbes
de flamme de ces yeux dont elle ne put
jamais supporter l'éclat, elle ne me repoussait
pas. Elle me parlait de choses futiles, il est
vrai, d'une robe à faire ou d'une mantille à
broder, ou elle s'abandonnait à des rêveries
muettes, mais j'étais bien, et nous restions
ainsi longtemps. A présent, que me restait-

il? Qu'est-ce que je trouvais dans ses lettres?
L'expression froide d'une émotion vulgaire,
des commérages de couvent, et rien de plus;
car les rêveries d'une jeune fille ne se parlent
pas. Ah! si peu me mettait à la torture, et
— puisqu'il m'était aussi impossible de lui
écrire ce que je lui avais tu quand elle m'eni-
vrait de sa présence — j'aimais mieux me
retirer dans la solitude désolée et silencieuse
de mes souvenirs.

« Mais les souvenirs, à cet âge, qui est le
vôtre, Allan, ne sont pas éternels. L'image de
Margarita s'effaça peu à peu de ma pensée. Je
me suis quelquefois demandé pourquoi on ne
peut rompre avec les amours qui le suivent
comme avec le premier amour? Les facultés
qui bouillonnaient en moi, je cherchai à les
occuper par les livres dont mon éducation
m'avait tenue éloignée et par le monde que je
ne connaissais pas encore, mais ces facultés
ne trouvaient ici ni là la pâture dont elles
étaient avides, et je ne comprenais qu'un seul
but à la vie d'une femme : — le bonheur dans
l'amour.

« Allan, je ne diminuerai pas l'abnégation
de ce récit... Il y avait, dans la société de ma

tante, une foule de jeunes gens qui m'entouraient de leurs hommages. A cette époque de ma jeunesse, je n'eus que des engouements passagers, mais auxquels l'ardeur de mon caractère donnait les transports intérieurs de la passion. Ces beaux jeunes gens dont je m'éprenais dans un soir, je les ai tous méprisés depuis, ou, plutôt, le mépris tua l'amour que je fus sur le point de leur donner. Fats imbécilles, qui eurent la puissance d'altérer ma voix quand ils me grasseyaient leurs riens, et à qui je me livrais dans un salon plein, soit dans les audaces d'une valse, soit dans des causeries à mi-voix, pour qu'ils allassent peut-être s'en vanter avec impudence à leurs bayadères d'Opéra !... Oh ! si les hommes savaient quelles sont les méprises des jeunes filles qui vont dans le monde, ils ne voudraient à aucun prix de ces virginités grossières. Ils n'en voudraient ni pour maîtresses, ni pour femmes, et ils les répudieraient toutes, autant au nom de la fierté que de l'amour !

« Je traversai ce qu'on appelle les plus belles années de la jeunesse, dans ces enthousiasmes d'un jour qui sont des hontes cuisantes le

lendemain. Je ne me sentais pas le courage
de livrer ma vie à ces hommes auxquels je me
reprochais d'en avoir donné un jour. La
vanité se vengea de mes dédains en m'accusant de vanité. Hélas! la vengeance de ces
petites âmes blessées, je l'accomplis moi-
même sur moi. J'avais soif d'amour et j'en
manquais. J'attendais. Attendre, c'est presque
toujours la vie entière... Mais le désespoir
d'attendre me prenait violemment, à la fin! Si
jeune, si forte, si puissante, je me demandais
si la vie ne m'échappait pas dans tous ces
jours qui se détachaient, un à un, de moi, sans
aimer. Moment cruel que les femmes connais-
sent! Les jours perdus fuient et laissent un
regret qui n'est pas même un souvenir. L'âme
a d'étranges détresses. On dit, comme la Folle:
« Ce sera pour demain! » et demain vient
et passe, mais non le demain qu'on rêvait.
Moins heureuse que la Folle, on pense à hier
qui trompa, et la foi au lendemain s'affaiblit
chaque jour davantage. Ah! ce n'est pas toujours la joie d'être belle qui fait jeter sur la
glace ce long regard que vous savez. Souvent
est-ce plutôt la mélancolie qui empêche de
l'en arracher. Nous que la beauté a tant de

fois égarées, nous avons une horrible peur de la
perdre, parce que nous avons besoin d'amour...

« Fut-ce cette fatigue secrète d'espérer,
cette ardeur redoublée par elle-même, cette
impatience d'être heureuse, qui décida de mon
sentiment pour Horace de Scudemor? J'avais
une telle hâte du bonheur dans l'amour, j'avais
une telle avidité de croire être aimée, que je
fermai les yeux afin de ne pas voir cet homme,
afin de ne pas le juger comme les autres et
d'être obligée de déchirer encore une fois mes
illusions. Je poussai loin la stupidité; je m'en
fis un héroïsme. J'acceptai des paroles d'amour
dont les désirs de mon cœur étaient peut-être
toute l'éloquence. J'eus foi en lui et je l'épou-
sai. A qui le veut si bien, il est facile d'être
trompée! Cependant, je palpitais d'une telle
vie et les hommes proclamaient que j'étais si
belle, qu'Horace, comme moi, pouvait se
méprendre sur son amour. Quoi qu'il en dût
être, je me crus heureuse à jamais. Notre lune
de miel fut un soleil dévorant, et Camille porte
sur son front, déjà passionné, les stigmates de
la fournaise dont elle est sortie.

« Mais la possession lassa mon mari, le
dégoûta, et bientôt je fus délaissée... Un amer

sentiment d'humiliation s'empara de moi, mais
je ne versai pas beaucoup de larmes, et la
colère l'emporta sur les désespoirs flasques de
l'abandon. A dater de cette époque, je m'es-
timai au-dessus d'une âme commune. J'avais
cru à l'amour d'Horace, j'avais goûté les
délices du mariage dans une intimité profonde, et cet amour tarissable s'écoulait dans
l'accoutumance, et ces délices inénarrables ne
devaient plus exister! Mon imagination, beaucoup plus que mon cœur, éprouvait une de
ces déceptions atroces contre lesquelles il n'y
a point de remède, incurable plaie qui infec-
tait jusqu'à l'avenir. Je souffris, mais je le
cachai. Je souffris, mais une autre que moi
eût poursuivi de scènes éplorées l'homme qui
l'aurait ainsi trahie ; moi, je me tus. Mon mari
n'était qu'un libertin vulgaire. Je ne lui fis pas
l'honneur d'être jalouse de ses abjectes tendresses, mais je ne lui permis même plus de
froisser ma robe quand nous passions par la
même porte tous les deux. La douleur me
trouvait toute prête contre elle, parce qu'elle
ne faisait que commencer. Les nuits, je payais
cher le stoïcisme de mes jours. Les nuits, il
me prenait des rages à me rouler nue sur les

parquets... Mais le jour, j'enfermais mes con-
vulsives souffrances dans le velours et dans les
sourires, et cette pourpre m'allait si bien, et
ces sourires étaient de si profondes impostures,
que mon bonheur insultait les autres femmes
d'une façon presque aussi sanglante que mon
insolente beauté. Pitoyable chose que le bonheur, Allan, puisqu'on ne peut le distinguer
d'une épouvantable singerie ! Est-ce parce que
rien n'est vrai, qu'on imite si parfaitement tout?
Ainsi le dépit me fit ravaler toutes mes larmes
et ma vanité se bastionna dans l'orgueil.

« Un des plus effrayants caractères de la
souffrance, c'est d'étendre indéfiniment les
horizons autour d'elle, de se faire le centre
immense d'une circonférence qui n'est nulle
part et qui est partout. Vient une douleur nouvelle qui nous apprend qu'on s'est trompé,
que la plaie n'était pas si large, que le mal
n'était pas si grand... Désabusement cruel,
ironique, implacable ! — le déshonneur de nos
désespoirs. Je l'ai appris plus tard. Mais,
alors, je crus que mon cœur ne se relèverait
pas du coup qui l'avait frappé. Je m'ensevelis
au fond de moi-même. Hélas ! cette force que
je m'étais trouvée dans le malheur de mon

mariage aurait dû me faire soupçonner que je
n'étais pas épuisée, qu'il était encore des
épreuves, un *par delà* à ce que j'avais enduré,
et que la vie traînait un peu plus longtemps
avant de finir. Mon amour pour Horace avait
été presque volontaire, tant je m'étais préci-
pitée à le croire. Je ne connaissais point celui
qu'on ne veut pas et qui vous entraîne, avec
le pouvoir de Dieu. Je ne le connaissais pas,
et, pauvre ignorante! je me disais que toutes
les sources de bonheur auxquelles je m'étais
abreuvée n'avaient pas un abîme de plus que
ceux que j'avais mesurés en y tombant.

« J'avais dépassé les trente ans terribles.
Trente ans, pour la plupart des femmes, c'est
la vieillesse avec un cœur jeune et fou, et le
cœur s'épouvante de cet âge encore plus que
la vanité. Mais, pour moi, il semblait que
l'époque formidable eût été une heure de
munificence et de largesse. Il est vrai que je
n'avais pas été jetée au moule étroit d'où sortent ces êtres fragiles dont j'enviai souvent,
pour mourir, l'organisation délicate, ces
femmes éphémères qui se trouvent mal dans
une caresse et qui n'ont qu'une peine dans
leur vie, parce qu'il leur faudrait ressusciter

pour en avoir deux. A celles-là, trente ans ter-
nissent le blanc plumage du teint; à celles-là,
un enfant brise la taille; à celles-là, il faudrait
une goutte d'ambre pour éterniser l'éclat
bientôt évanoui de ces yeux périssables, dont
une larme éteint la lumière. Mais, moi, je
n'étais pas, Allan, une si frêle créature. Je
n'étais pas si immatériellement belle. Aussi ma
beauté n'agonisait-elle pas à trente ans !

« Au contraire. Malgré mes horribles déboires, malgré les compressions cruelles que je
m'étais imposées, je me gonflais sous l'air infini
de la vie. Je le respirais avec immensité. Dans
ce sentiment de plénitude et de puissance qui
se diffondait en moi de toutes parts, je comprenais qu'il n'y avait pas d'être creé plus à
l'unisson de cette nature immortelle que moi,
substance plus forte et non moins belle que les
autres femmes, et à qui la douleur indomptable
n'avait pas plus empreint sa griffe sur le sein
que la petite main d'un enfant ne laisserait de
trace d'ongle sur le cou à fanon d'un taureau.
Oh! Allan, que les joies de la force sont inti-
mes ! Mais quand cette force ne nous défend pas
contre le sort, on est malheureux autant par le
fait de cette force que par celle de la destinée.

« Et c'est ce qui m'arriva bientôt, mon cher
Allan. Monsieur de Scudemor avait un neveu,
de quelques années plus jeune que moi. Ce
jeune homme avait toujours montré de l'éloignement pour la carrière de son oncle. Riche
et d'une indépendance complète, il voyageait
sans but déterminé. Je ne le connaissais que
pour avoir entendu parler de son esprit et de
l'élégance de ses manières. Monsieur de Scudemor me le présenta. Il avait cette timidité
orgueilleuse des Anglais qui ne fait jamais la
moindre avance. Eh bien, avec cette timidité
excessive, en une heure de temps il fut mon
maître, et au point que s'il m'avait dit : « Suis-
moi! » n'importe où, je l'aurais suivi.

« Il m'avoua depuis que je l'avais beaucoup
plus étonné que séduit, et qu'il ne comprenait
pas comment il m'avait aimée. Quant à moi,
tout de suite, ce fut une fièvre, de l'insomnie,
du délire. Tout ce que j'avais senti jusque-là
n'était pas comparable à ce que j'éprouvais
alors. Ce n'était pas uniquement en intensité
que mes sensations différaient; j'étais folle,
j'étais malade, rien que d'amour... »

IX

LLE s'arrêta. Sa voix venait de con-
tracter un accent étrange. Était-
ce la fatigue d'avoir parlé si longtemps dans l'air de la nuit?
D'abord, la surprise avait saisi Allan. Madame
de Scudenior et son langage, inanimé comme
son front, il ne les reconnaissait plus. Puis
l'intérêt du récit avait été trop poignant pour que
l'étonnement ne s'y perdît pas. La sueur froide
lui coulait aux tempes, il mordait avec frénésie
son mouchoir de soie. Une curiosité infernale,
car la jalousie la lui soufflait, dilatait démesu-

rément ses prunelles, que l'on voyait, dans l'ombre, étinceler. Il les dirigeait sur la femme plongée dans les ténèbres dont il n'entendait plus la voix, cette voix basse et profonde qui lui écartelait le cœur.

« Oui ! c'était de l'amour, pour cette fois, Allan, — reprit-elle, — de l'amour après lequel il n'y a plus dans l'âme que poussière. Puisque cet amour finit, pourquoi croirait-on à l'immortalité ?

« Tout le favorisa, cet amour. Octave pouvait venir chez moi quand il le voulait. Nos rapports de famille étaient trop étroits pour que la vanité de monsieur de Scudemor pût prendre l'éveil sur des bruits qui ne semblaient pas devoir exister. Je voyais donc Octave à chaque moment de la journée. Je l'envoyais chercher quand il tardait à venir, et je lui faisais d'indécents reproches avec une rougeur au front plus indécente encore. Quand il me surprenait de quelques minutes plus tôt qu'à l'ordinaire, j'étais près de me jeter à son cou ou à ses pieds de reconnaissance.

« Cet amour, qui me fit connaître des bonheurs dont je n'avais pas l'idée, me condamna aussi à des souffrances que ne payèrent point les

plus enivrantes voluptés. Il empoisonna le souvenir du passé, ce fer qui reste toujours dans
la blessure. Margarita, le rêve resté rêve; et,
depuis elle, mes illusions gardées dans le
sein qu'elles avaient agité, et qui n'avaient
débordé que dans les attouchements d'une
valse ou d'une contredanse autorisées par
toutes les mères et auxquelles la vie qui s'an-
nonce, en nous parlant bas, donne des significa-
tions terribles; mon amour trahi par Horace,
qui n'avait pu l'épuiser; les délices savourées
de mon mariage, tout me fit horreur, tout me
fit épouvante!... Je regrettai de n'être pas la
plus pure des femmes, pour jeter la fleur de
mon innocence dans le foyer de mon amour,
pour la lui donner à respirer, à flétrir, à broyer
sous ses pieds! Ah! les femmes sont adultères,
— elles le sont toutes, — mais savent-elles
comme moi ce que ce traître bonheur peut
cacher?...

« Vous le voyez, Allan, l'adultère n'était pas
uniquement pour moi celui des vierges de ce
monde, cet oubli d'un sentiment secret, cette
profanation d'un mariage accompli mystérieu-
sement dans les profondeurs de notre âme. Je
vous ai dit quelles avaient été les prostitutions

successives de mes sentiments. L'adultère, pour
moi, ce fut encore davantage. Le lien semblait
plus fort ; il fut brisé tout de même. Croyez-
moi, Allan, ce ne fut pas la certitude de mal
faire, de manquer à ce que la morale des
hommes a intitulé des devoirs, qui empêcha
ma passion de me rendre heureuse ! Ah ! il y
avait en elle tout ce qu'il faut de poésie et
d'entraînement sublime pour qu'une vanité ou
un remords n'osât envoyer une plainte timide
aux échos répétés et grossissants de la conscience. Mais la vie était attaquée dans ses
sources. J'étais malheureuse, parce que j'étais
adultère. Je ne l'étais pas à cause des hommes
et de leur morale, qui réclame quand nous la
faussons, mais simplement parce que j'étais
adultère. Que voilà donc qui est profondément
triste ! L'adultère déchirait de ses propres
mains les entrailles de l'amour. Ah ! l'on peut
rire, quand on est fort, du reproche d'avoir
trahi un être qu'on avait aimé ; car on n'a
affaire qu'à soi au fond de son âme. Mais
trahir un être qu'on aime, contradiction des
contradictions ! le trahir d'avance, se trouver
avoir trahi dans le passé celui qu'on devait
aimer dans l'avenir ; mais ne lui donner, à cet

être qui prend votre vie et votre pensée, ne
lui donner que des restes d'âme et de corps,
que des miettes tombées du festin mangé par
un autre, c'est la pire des douleurs humaines,
c'est des hontes ardentes la plus dévorante.
Vous êtes criminelle envers lui que vous
adorez! Pâle victime, vous tremblez sous ses
caresses, parce qu'elles ne sont pas assez puissantes pour vous faire oublier que vous avez
été coupable autrefois. Envisagée des bras qui
vous enlacent, de cette poitrine sur laquelle
vous reposez une tête qui ne peut pas plus
dormir que s'enivrer, votre vie écoulée avant
de le connaître apparaît incessamment pour
vous désoler, pour vous rappeler que vous
n'êtes plus qu'une mutilation, un débris, la
coupe qui garde l'empreinte des bouches qui
y burent, une misérable femme qui n'a pas le
droit de dire à l'homme dont elle est insensée
le mot, pourtant fatal, dans lequel l'amour
concentre l'éternité de Dieu même : « Je suis
toute à toi! »

« O Allan! Allan! toutes les femmes qui ne
méritent pas qu'on leur crache du mépris au
visage, si c'était de la boue et non du crachat
qu'on rejetterait de ses lèvres, toutes les

1.   16

femmes ont, au moins, soupçonné cette souffrance... Pour toutes, même au sein de
l'amour le plus absorbant, il y a eu des instants
où, seules, elles ont plié une tête humiliée en
se ressouvenant; où elles l'ont cachée, avec
des larmes aveuglantes et dont elles ne disaient
pas le secret, dans le creux de la poitrine bien
aimée... Mais ont-elles épuisé comme moi les
âcretés de cette intolérable torture, sans que le
bonheur de l'amour pût l'interrompre et la leur
faire oublier?

« — « Pourquoi es-tu triste, puisque tu es
heureuse? » me disait quelquefois Octave.
Hélas! je lui faisais croire que le bonheur
extrême accablait. Je n'aurais pas osé lui dire
ce qui causait mes effroyables tristesses, surgis-
sant tout à coup à travers les étreintes de notre
union et les sourires de notre amour. Est-ce
qu'il devrait y avoir un secret, grand Dieu!
entre deux êtres qui habitent la même couche;
un secret que, la nuit, cœur contre cœur, on
ne révèle pas et qui fait pleurer?... Je craignais, en disant ce qui m'affligeait à Octave,
de flétrir le sentiment qu'il avait pour moi. Je
craignais d'éveiller son mépris. Parfois, je
m'imaginais qu'il voyait clair dans ma vie

passée, que par délicatesse il imposait silence
à une jalousie inévitable. Surtout, l'idée d'un
regret me rongeait. Mais il ne vous ressemblait
pas, Allan. Je n'ai jamais acquis la certitude
que ce qui m'épouvantait existât. Je l'ai bien
souvent étudié avec un de ces regards qui
tombent à mille brasses de profondeur dans
une âme, comme une sonde dans l'Océan, lorsqu'il berçait sur ses genoux ma fille, que je ne
berçais plus sur les miens, et je n'ai jamais
rien vu qui trahît, dans les caresses qu'il lui
prodiguait, l'héroïque sacrifice que je suppo-
sais. Ceci n'aurait-il pas dû me calmer, anéantir
mes inquiétudes, me rendre plus apte au
bonheur que toutes ces idées m'avaient gâté?
Mais mon caractère est si profond, que la souffrance qui y était tombée, je ne pus jamais l'en
faire sortir. A cette époque de ma vie, je ne
pouvais sans angoisse regarder une tête de
jeune fille. Devant, je baissais plus les yeux
qu'elle, et ce n'était pas, comme elle, de
pudeur.

« Que notre cœur est incompréhensible,
Allan! Croyez-vous que je reprochais dans ma
pensée à Octave de n'être pas malheureux de
ce qui me rendait malheureuse? Je m'étonnais

de sa quiétude. Elle le fit moins grand à mes
yeux ! Ce fut là le premier rayon qui tomba
éteint de sa tête, le premier coup de dard de
l'aspic caché dans mon cœur. Vous, Allan,
vous que je n'ai pas aimé, vous qui haïssez
Camille parce qu'elle est pour vous une date
affreuse dans mon histoire, vous n'auriez pas
eu cette apathie. Votre amour eût été infini.
Il aurait embrassé tous les temps. Mais celui
d'Octave ne l'était donc pas ? Des caresses lui
suffisaient, et le moment de l'ivresse l'emportait sur la réflexion. Or, toutes les passions
profondes sont réfléchies ; j'avais appris cela
dans la mienne pour lui...

« Plus j'allais, plus ce point de mépris, douloureux comme une inquiétude, s'élargit et
corroda mon amour. Ma passion prit un caractère nouveau. L'enthousiasme n'y était plus.
Mais l'enthousiasme n'est que la mousse d'un
vin généreux, et les liqueurs les plus brûlantes
stagnent sur les bords de la coupe au lieu
d'écumer.

« Je ne vous raconte pas, Allan, les événements extérieurs qui se mêlèrent à cet amour.
Qu'importe que j'aie vécu dans différents pays
de l'Europe où mon mari était en mission !

Octave était devenu le secrétaire de son oncle ;
il ne me quittait pas ; je l'emportais partout
avec moi. Je n'ai besoin que de vous raconter
les phases successives d'un sentiment qui, mort,
me mura l'âme avec des quartiers de granit.

« Ce sentiment habitait en moi à des abîmes
immenses. Exaspéré par la douleur la plus
humiliante qu'il y ait, — la conscience d'un
passé irrévocable, — il semblait puiser une
énergie plus âpre et plus vorace dans cette
douleur. La douleur est une moelle de lion
bien amère, mais on dirait vraiment une tran-
substantiation infernale ou divine, que cette
poignante nourriture qui rend nos amours
indomptablement dévorants. Le mépris qui
succéda à cette douleur ne put rien contre
l'amour dont elle avait augmenté l'ardeur. Je
ne combattis pas cet amour par ce mépris, ni
ce mépris par mon amour. Situation étrange,
dans laquelle j'ai vécu des années ! Comprenez-
vous, maintenant, quelle femme je pouvais
être, Allan, puisque mon opiniâtre amour a
lutté si longtemps contre le bonheur suprême,
la souffrance et le mépris, dans cette âme où
les passions étaient écloses comme des couleu-
vres printanières qui n'attendent pas, pour

faire leur nichée, qu'il y ait des feuilles aux buissons ?...

« Il était dans ma destinée de ne trouver que mécomptes et impuissance au bout de toutes mes affections. Vous prévoyez déjà qu'Octave aussi, qui m'avait aimée, qu'Octave, auquel j'avais attaché tant de rêves, globes d'or de la pensée d'une femme et dont incessamment elle pare le firmament de son amour, qu'Octave se détacherait un jour de moi, qui devais l'aimer tant encore. Vous ne vous trompez pas, mon ami ! Encore cette douleur, encore ce calice. Il m'avait, pendant son amour, admirée autant qu'idolâtrée. J'étais sa religion, son culte, et si je ne l'eusse pas entraîné aux caresses, il ne m'aurait parlé qu'à genoux. Eh bien, voici qui ressemble à des raffinements de cruauté dans la destinée, à des bouffonneries de bourreau dans le rôle de Dieu ! c'était l'amour d'Octave qui devait mourir le premier. Enthousiasme, respect, admiration, furent impuissants à le retenir dans son cœur, tandis que le mien échappait au mépris pour survivre à celui que tout aurait dû, n'est-il pas vrai? empêcher de si tôt mourir.

« Et c'est ce qui m'empêchera de croire,

maintenant, à la durée de l'affection que l'on proclame la plus éternelle. Le chagrin m'a usée jusqu'à la dernière fibre, desséchée jusqu'à la dernière goutte, et dans ce sein où la vie se gonfle encore, je ne porte plus que le cadavre de mon cœur... Un jour de peine sèche et brûlante (c'était un jour que je n'avais pas cessé de l'aimer), je me reposai dans la pensée du suicide. L'idée de Camille me retint. Allez! mon ami, le jour où la pensée de la mort vous arrive n'est pas le pire des jours de la vie. Tout le temps qu'il y a de l'action possible, le malheur n'a pas dit son dernier mot; on s'intéresse à soi toujours. Mais quand on ne soupçonne même plus qu'il y ait une ressource de repos et de paix dans la tombe, c'est qu'on dure affreusement encore, mais on ne vit plus. »

Elle s'arrêta une seconde fois. Ce récit, où les faits matériels oubliés donnaient une teinte plus sombre et plus frappante à toute cette psychologie orageuse, émeuvait d'une compassion sans douceur et sans distraction l'âme jalouse et tourmentée d'Allan. Soudainement, la lune se leva et jeta ses lueurs blanches et satinées à travers les branchages du bois. L'ombre qui enveloppait Allan et madame de

Scudemor se détacha de leurs deux têtes,
comme un masque noir. Ils se virent. Allan
avait l'air stupide. Mais le génie éploré,
comme doit être le Génie de l'expérience de la
vie, trônait sur le front de madame de Scudemor. Son œil brillait, sec comme toujours,
et à ses lèvres il y avait un sourire : le sourire
amer de l'ironie solitaire.

— « Voilà ma vie, Allan, — reprit-elle, — à
l'exception de ce que je dus souffrir avant de
tuer ce dernier amour. Je ne le tuai pas ; il
mourut, sans que je fisse un effort pour le tuer...
Mon cœur était dévoré quand il mourut. Mais
qu'il mit de temps à mourir ! Je vous fais grâce
de ces détails. Ils sont inutiles. Seulement,
trouvez-vous bien étrange que je ne croie plus
à la durée des passions ?...

— Et Octave, Octave ? — fit Allan, avec le
ton bref de la fièvre.

— Octave ?... — reprit-elle, avec son calme
ordinaire. — On m'a dit qu'il était mort, marié,
quelque part. J'avais son portrait autrefois. La
chaleur du cœur qui battait pour lui en avait
altéré les couleurs. Il n'était reconnaissable que
pour moi. Je fus assez lâche d'attendre à ne
plus l'aimer pour le briser. Mais il fut porté si

longtemps que mon sein en a gardé l'empreinte. Croyez-vous qu'il y ait des lèvres assez
puissantes pour l'effacer?... »

Elle prit la main du malheureux jeune homme.
— « Laissez-moi! » — dit-il en tressaillant,
avec le ton dur du ressentiment.

Elle obéit, et, sans colère et sans tristesse :
— « Oui, Allan! — répondit-elle, — vous
dites bien. Je dois vous laisser à présent. J'ai
torturé l'amour que vous avez pour moi, mais
c'est la torture de l'art qui guérit. La réalité
vient de toucher de son irrésistible souffle les
rêveries de votre imagination et les illusions
de votre cœur. Voyez ce que je suis, Allan!
Voyez si je vaux votre jeunesse! Je la gâterais,
et même mon égoïsme n'en profiterait pas.

« O Allan, n'aimez jamais qu'une jeune fille,
cet adorable mystère, dont on soulève, un à un,
tous les voiles! A cette condition seule il y a
bonheur possible. Si cette condition manque,
on s'expose à des supplices inouïs. Ai-je donc
besoin d'insister, Allan? Une pauvre caresse
faite à Camille ne vous a-t-elle pas blessé au
vif?... Quand la jalousie mâche à vide, elle est
encore plus furieuse que si elle avait une raison
pour exister, et elle humilie, parce que c'est le

I.   17

Passé insaisissable qui devient le rival que vous ne pouvez pas punir...

« Et puis, quels entraînements résisteraient à la pensée que la femme aimée a dépensé ce qu'elle avait d'amour à donner... que vous ne raviverez jamais la plus faible des réminiscences de sa jeunesse! Ah! demain, si je vous cédais aujourd'hui, demain, vous seriez las et dégoûté, sans doute. Ne vous flétrissez donc pas, jeune homme, à mes flétrissures! Car vous n'auriez pas le triste profit de me flétrir un peu davantage; toute votre passion y avorterait. — J'exige que vous partiez demain.

— Non! Madame, — répondit-il, avec l'impétuosité d'une colère longtemps concentrée, — non! non! je ne partirai pas. Si vous avez cru avoir fait une belle chose en me racontant votre désespérante histoire, je n'apprécie pas vos sublimités et je ne veux point de vos abnégations! Que sais-je, même, si vous avez dit vrai?... Que sais-je, si par bonté pour moi et pour me guérir de mon amour, comme vous dites, vous ne vous êtes pas calomniée? Mais non! — reprit-il, — vous avez été vraie. Un mensonge ne m'aurait pas fait tant souffrir! »

Et il s'arrêta, sous le poids de la conviction

qu'elle avait été vraie... On l'aurait dit effrayé de l'énergie qu'il montrait.

Mais elle ne s'émut point de cette résistance, sur laquelle elle ne comptait pas.

— « La nuit porte conseil, Allan, — lui dit-elle, avec sa voix grave. — Demain, peut-être éprouverez-vous le besoin de partir sans me revoir. Autrement, je vous ordonnerais de quitter le château, et si positivement, Allan, que, par fierté seule, vous ne manqueriez pas de m'obéir!

— Par fierté! — reprit-il. — Ah! je me sou-cie bien de ma fierté! Mais, Madame, ma fierté, c'est de rester ici malgré vous! J'y res-terai. Quelque chose de plus fort que moi m'y attache, m'y rive les pieds. Quelque chose de plus fort que vous aussi. Que me parlez-vous d'avenir, à moi? Vous que le désenchantement a envahie de partout, il vous sied bien de me parler d'avenir! Mon avenir, c'est d'être où vous êtes! Mon avenir, c'est de vous aimer, et, quand je serai las de cet amour en pure perte, de me brûler la cervelle à vos pieds! »

Sa voix creva dans des sanglots. Il aurait voulu les étouffer, mais, inhabile aux luttes contre lui-même, il ne put les contenir plus longtemps.

— « O mon pauvre ami, vous ne savez ce que vous dites! — fit-elle, avec une douceur irrésistible. — Pardonnez-moi, si je vous ai fait mal tout à l'heure en vous répétant que je vous forcerais à partir... J'obéissais à l'effroi de la destinée. Hélas! nous nous rendons bien malheureux. Vous, Allan, vous avez des larmes. Je n'en ai plus, moi! Tout m'a été pris. Mais croyez que je souffre bien aussi... et pardonnez-moi! »

Il y avait du baume dans cette voix attendrie. Le front d'Allan tomba, moins d'écrasement que de confiance renaissante, sur l'épaule de madame de Scudemor.

— « Oui! mettez votre tête ainsi, mon enfant, — dit-elle, redevenue maternelle, — et pleurez, rassasiez-vous de vos larmes. Hélas! vous ne pleurerez pas toujours. Ne vous avais-je pas dit que nos adieux seraient cruels? Ah! en grâce, abrégez-les en partant demain. Tenez! je ne vous parle plus de vous, mais si vous avez quelque pitié pour moi, qui me reprocherais comme un crime de vous avoir gâté la vie sans même vous avoir fait goûter le stérile dédommagement des passions, soyez bon, soyez généreux, en vous éloignant! Payez-moi

ainsi du triste courage qu'il m'a fallu pour
vous raconter l'humiliante biographie de mon
cœur. Cette histoire, que vous savez maintenant, n'est-elle pas une infranchissable bar-
rière entre nos deux destinées? Quoi! vous
n'aimez plus Camille? Mes caresses l'ont en-
laidie à vos yeux, parce que, sous ces caresses,
vous avez mis quelque chose qui ne s'adressait
pas à elle *seule*, et vous voudriez de sa mère,
de celle qui l'a eue d'un autre homme que
vous!! Et encore s'il n'y avait eu que cet
homme qui m'eût infligé les passions et la
douleur, mais vous savez qu'il n'a pas été le
seul que j'aie aimé et qui ait tari la source de
mes sentiments. Ah! ne vous désaltérez pas
avec le gravier de cette fontaine desséchée.
Allan! ne me croyez pas quand j'ai dit que je
vous chasserais de chez moi! C'était une ruse;
j'espérais qu'une telle menace déciderait de
votre départ. Mais, puisque vous êtes un homme,
voulez-vous que je me mette à genoux devant
vous pour vous demander de partir?... »

Et, du banc sur lequel elle était assise, elle
glissa à genoux devant Allan, qui se leva comme
d'effroi, en la voyant ainsi abaissée. Cette admirable femme savait bien qu'il y allait de

l'honneur de l'amour d'Allan de ne pas la laisser à genoux devant lui, et que, pour ce cœur de dix-sept ans, vierge d'égoïsme, dégradation s'en suivrait à l'instant même s'il hésitait. Elle l'avait élevé. Elle savait sa noblesse.

— « Je resterai là, Allan, — dit-elle, — jusqu'à ce que vous me promettiez de partir demain. Trouvez-vous que ce soit ma place de rester ainsi devant vous? »

Ah! il promit avec désespoir, mais il promit sans hésiter. Sa volonté murmurante fut vaincue par la sublime comédie que venait de lui jouer à froid madame de Scudemor.

Alors, elle se releva sereine, comme elle avait été noble en s'agenouillant.

— « J'ai votre parole maintenant, — reprit-elle, — je suis tranquille. » — Et elle l'emmena dans la direction du château.

Ce qu'Allan venait de promettre faisait sur lui l'effet d'une condamnation à mort sur une âme vulgaire. Il ne pensait plus. Il n'avait que la conscience obscure d'un mal affreux. Il marchait la tête basse, en s'appuyant sur le bras de madame de Scudemor. Ils revinrent lentement et en silence — hélas! ne s'étaient-ils pas tout dit? — le long des vastes et droites

allées du jardin. La lune, réverbérée par les
vitrages du toit en pente de la serre, faisait
étinceler les mille stalactites mêlées au sable
des allées, comme des pierreries sur un fond
d'or blanc. Tout était immobilité et lumière
dans le large jardin, excepté le groupe noir
de ces deux promeneurs nocturnes, qu'une
imagination effrayée aurait pris pour quelques
rôdeurs de la tombe. A eux deux, ils avaient
presque l'apparence fantastique d'une Vision,
la femme soutenant et entraînant le jeune
homme. Et on aurait pensé, à voir la débilité
du jeune homme et le calme infini de la
femme, qu'elle devait être moins pour lui une
Providence qu'une Destinée.

Le château était noyé dans la nacre du clair
de lune et semblait dormir. Tout y reposait en
silence. Les veilleuses mêmes y étaient éteintes,
car aucun reflet de leurs teintes dorées ne venait expirer aux fenêtres, blanchies par la
lune. Seulement, à l'une de ces fenêtres, un
rideau de soie verte longtemps soulevé échappa
à la main qui le retenait, — et, négligemment,
retomba.

X

 E lendemain, le domestique qui entra dans la chambre d'Allan de Cynthry le trouva encore habillé et étendu sans connaissance sur le parquet. En tombant de sa hauteur, le front du jeune homme avait rebondi, fracassé, sur l'angle d'une table de marbre, et sa blessure avait répandu beaucoup de sang.

Le domestique appela, et bientôt des secours furent prodigués à Allan. Il vivait. Il ouvrit les yeux, mais ses yeux étaient égarés. Il parla, mais ses paroles n'avaient qu'un sens confus.

Le médecin déclara qu'il était attaqué d'une fièvre cérébrale dont l'intensité se produisait déjà d'une manière effrayante.

« C'est pourtant moi qui lui ai fait tout ce mal-là ! — se disait madame de Scudemor. — La soirée d'hier aura trop fortement agi sur les nerfs de cette organisation passionnée... » Et c'est ainsi qu'un reproche s'élevait du fond de son âme. C'est ainsi que de sa pitié elle retombait dans sa pitié. Charybde et Scylla cachés au fond du cœur des femmes, seuls abîmes qui restent inassouvis, quand tous les autres sont pleins !

Elle exprima très nettement la résolution de soigner elle-même Allan. Elle s'établit auprès de son lit et ne le quitta plus. Elle pansait sa blessure, lui donnait tout ce que le médecin voulait qu'il prît, et comme, le plus souvent, le malade, en proie à l'agitation et au délire, repoussait tout ce qu'on lui offrait, elle passait le jour, le cou tendu et l'œil fixe, à regarder cette tête bouleversée par elle, et dans laquelle l'extinction de la pensée ne semblait précéder que de quelques instants celle de la vie.

Si l'air extérieur n'avait pas figé ce bronze en fusion autrefois, si madame de Scudemor

I.   1 8

avait arraché à la douleur, sinon sain et sauf,
au moins vivant encore, un des côtés de son
âme, peut-être se serait-elle reprise à un de
ces sentiments qui l'avaient rendue si malheureuse, et, pour la millième fois, la pensée et
l'expérience auraient échoué contre l'incorri-
gible sensibilité de la femme. Mais quand il
n'y a plus une planche du vaisseau qu'elle a
brisé que la passion roule dans ses vagues,
quand l'imagination s'est éteinte dans le sang
que le cœur a versé, on peut regarder sans dé-
faillance l'être qui vous aimait mourir. On peut
rester sans danger au bord du lit où chaque
respiration de l'agonisant emporte la vie après
elle, dans cette chambre chaude comme une
serre de souffles humains, et dont le silence
est troublé à peine par un pied posé avec précaution sur le tapis, un soupir de celui qui
souffre, ou de celle, trop émue, qui veille. On
n'est plus soumise à la fascination de la souffrance, plus entraînante encore que celle de la
Beauté. On ne s'abandonne plus à ces larmes
à travers lesquelles on voit superbe, — plus
superbe qu'on ne s'apparut à soi-même dans
celles que l'on fit couler autrefois. On ne se
livre point à ces folies qui montent, on dirait,

comme une contagion de ses délires, de l'haleine fiévreuse du malade, jusqu'à la tête
qu'elles enflamment et courbent sur une main
inquiète. On ne rêve point le bonheur dans le
temps qui échappe, le bonheur qui rêve et qui
jouit, quand la créature souffre et expire. On
ne se dit pas que des baisers mourants valent
mieux que des baisers qui vivent, et qu'il est
une volupté funèbre et désespérée, meilleure
que les voluptés de la vie, à goûter sur la
terre de la fosse déjà creusée pour qui doit
bientôt y descendre.

Au chevet du lit d'Allan, madame de Scudemor était, comme partout, inacessible à tout
ce qui eût troublé une autre femme dont la
douleur eût moins fortifié la raison. Cependant, elle avait perdu ce dépouillement de
tout sentiment et de toutes choses, qui la rendait, pour ceux qui l'approchaient, un égoïsme
tranquille, un *moi* dont la souffrance et la réflexion avaient passé à la pierre ponce les
aspérités. La pitié, qui n'est peut-être que l'entente et le ressouvenir de nos douleurs à
nous-mêmes, avait établi un lien entre elle et
Allan.

Elle apprenait, cette femme qui semblait

être devenue impersonnelle, qu'après les angoisses des passions trompées il y a des douleurs possibles, et qu'il reste toujours assez
d'illusions dans la vie pour s'apercevoir, un
jour ou l'autre, qu'en voilà qui n'étaient pas
mortes! C'est ainsi qu'elle avait cru longtemps
que sa destinée avait mis enfin le doigt sur sa
bouche; que, d'épuisement, elle échapperait
aux émotions qui tout à coup interrompirent
le recueillement de sa pensée, — seul abri des
âmes fortes et grandes, le seul hâvre où l'on
relâche contre les coups de la tempête du
cœur. Mais cette présomption, qui n'était que
l'apaisement d'une vie terminée, cette présomption, enfant modeste de la douleur et
qui n'avait pas de tête de Sicambre à courber,
plia aisément sous cette Pitié éternelle, co-
lombe diaprée des couleurs du ciel d'où elle
descend, mais qui a aussi un bec d'acier et
des griffes d'aigle; car elle ne fait son nid
dans les cœurs qu'à la condition de les déchirer!

Hélas! elle, moins que personne, ne pouvait se soustraire à cette pitié fatale. Elle vivait
trop à l'écart dans la vie, la solitude en elle
était si grande, que tout ce qui allait la cher-

cher dans cette vie écartée, tout ce qui troublait confusément cette solitude, lui retentissait
dans l'âme, clair, distinct et profond, comme
un accord se précise en passant par le milieu
d'un air pur. Ah! souvent, quand nous nous
lançons, tête baissée, dans les retentissements du monde; quand nous donnons notre
fragile tête à enivrer au bruit des roues du
chariot qui nous emporte sur les pentes escar-
pées de l'existence, une voix, plus faible
qu'un murmure, nous poursuit à travers ces
grands bruits qui ne l'ont jamais engloutie, —
plainte éternelle d'un être qui souffrit pour
nous et dont nous gardons l'écho expiatoire
dans nos seins... Mais comme cette voix est
profonde quand, aux bords des chemins par-
courus, on s'est assis, dégoûté des buts man-
qués, — ou atteints! — et que le calme est si
grand dans l'air qui environne, qu'on ne perd
pas un frémissement des feuilles qui tremblent
aux branchages pâles des peupliers.

Ici quelquefois, là plus souvent, qui ne l'a
pas entendue? Qui ne sait pas qu'il y a comme
un doux et cruel reproche dans le sentiment
de la pitié pour les coupables et les innocents,
— s'il en est... s'il est possible de ne pas tou-

jours se croire coupable, quand une âme —
une seule âme ! — a souffert à l'occasion de
nous...

Mais ce remords, qui est au fond de toute
pitié, se prononçait davantage dans le cœur de
madame de Scudemor, parce qu'il y rencon-
trait l'inquiétude, l'inquiétude qui lui faisait
sentir ses plus brûlantes poinctures. Elle avait
l'anxiété du danger d'Allan, et jamais personne ne lui avait vu comme alors un intérêt
mêlé d'effroi dans ses yeux de marbre, quand
elle demandait au médecin : « Monsieur, cet
enfant mourra-t-il ? »

La maladie d'Allan avait un tel caractère
d'intensité qu'il restait bien peu d'espoir de le
sauver. Quand on vit, aux Saules, madame de
Scudemor ne plus quitter le lit d'un mourant,
ces gens du monde, qui ne voulaient pas
attrister leur gaieté rose d'une scène funèbre,
partirent les uns après les autres. Ainsi, dans
ce château qui regorgeait de monde la veille,
il ne resta plus que trois personnes : Allan,
madame de Scudemor et Camille.

Quelquefois elle venait, la petite, demander à la porte des nouvelles du malade; car
madame de Scudemor lui avait interdit l'en-

trée de la chambre. Cette mère prévoyante ne voulait pas que le délire d'Allan apprît à sa fille quelque chose de ce qui devait lui rester à jamais caché. Mais la précaution fut inutile. Les pensées d'Allan ne se rattachaient à aucun des événements qui avaient déterminé sa maladie. Dans aucun de ses mots sans suite ne vibra le sentiment dont son cœur était plein. Profonde misère de la nature humaine ! On a un sentiment par lequel on vit, par lequel on respire, et l'on vit et l'on respire que ce sentiment ne paraît plus exister ! Et ce n'est pas un fait intime, conséquence fatale de ce sentiment, qui le détruit, mais un fait extérieur et brutal, étranger à sa nature. Le cœur se voile comme la raison. On perd le cœur comme on perd la tête... Quelle situation pour une femme qui aime, — et qui cherche, au fond du regard égaré, un vague éclair qui ne soit pas l'ironique mirage d'une connaissance anéantie, — quand elle a trouvé plus que les ombres désespérantes de la démence dans ce sourire d'aveugle et dans ces yeux, plus effrayants que des orbites, puisque ce n'est pas de la chair, mais de la pensée qui y manque ! Madame de Scudemor n'éprouva pas, il

est vrai, l'angoisse de cette recherche affreuse
d'un sentiment effondré dans les abîmes de la
folie, de cette infidélité du cœur par la dé-
faillance de la raison en des organes infirmes.
Plus auguste que le ricaneur Démocrite dans
son mépris, elle contemplait sans frémir les
bornes au sein desquelles habite et s'éteint ce
que l'homme a de plus divin, mêlé aux molé-
cules de son argile. C'était un spectacle digne
d'elle. Après les rudes épreuves traversées,
elle endormait, avec un fier bien-être, toutes
les blessures de ses pieds meurtris dans cette
poussière de l'humanité. Mais ces instants
étaient bien courts... Par une incroyable inconséquence, sa tristesse, sa pitié, ses remords,
la reprenaient peu à peu ; car pourquoi remords, pitié, tristesse, quand on sait comment
tout peut ou doit mourir, aussi bien dans l'âme
que dans la vie ?...

XI

Trois heures de relevée venaient de sonner et le temps était à l'orage. Une chaleur de cuivre rougi tombait à pic des nues alourdies, et les hirondelles rasaient la terre de leurs ailes peureuses. Vainement, pour donner de l'air à sa chambre, on avait ouvert la fenêtre d'Allan. De cette fenêtre, d'où l'on embrassait le marais qui faisait face au château des Saules, on pouvait voir s'amonceler l'orage qui s'annonçait dans le ciel chargé. Le soleil, dévorant toute la journée, avait disparu sous

de gros nuages sombres d'un bleu foncé, je-
tant seulement par leurs anfractuosités un
rayon jaune et glauque, qui fendait sinistre-
ment l'espace. On étouffait dans une chaleur
sous-nue, pire que la chaleur solaire. Le marais lui-même, avec ses eaux et ses herbes,
n'avait plus de fraîcheur ; les herbes brûlaient,
et les mille mares encastrées dans ces herbes
semblaient bouillir. Il fumait, au loin, d'une
vapeur embrâsée et rougeâtre comme un reflet d'incendie ; et, — puisqu'il n'y avait pas
une haie dans cette vaste étendue, — immobiles comme si elles avaient fait partie du sol,
les nombreuses vaches blanches et pourprées
du marais, aux yeux ronds languissamment
tournés vers l'horizon vide, n'avaient pas même
la force d'envoyer un doux et soupirant souffle
de leurs narines épanouies.

Allan, la tête entourée d'un bandeau, les
joues écarlates, les yeux troubles et à moitié
fermés, était plongé dans la somnolence de la
fièvre qui le reprenait vers le soir. Il y avait à
peine vingt-quatre heures que le médecin répondait de la vie du malade. Grâce à la surveillance de madame de Scudemor encore plus
qu'aux soins du médecin, il était sauvé. Le

silence régnait autour de lui. Tout se taisait
alors, dans la campagne muette comme dans
la chambre assoupie. Pas un bruit ne venait
du dehors, et, au dedans, on n'entendait que
le frôlement du rideau blanc d'Allan, à chaque
haleine du vent brûlant qui passait par la fenêtre ouverte.

Yseult de Scudemor était à son poste de
sollicitude et de dévouement. L'inquiétude et
les veilles l'avaient déjà maigrie. La tristesse
qui l'avait saisie au danger d'Allan enténé-
brait toujours son grand front pâle. Pourquoi
le Calme n'est-il pas toujours serein ?... Pourquoi la mer, après les tempêtes, conserve-
t-elle, au jour qui resplendit, encore un aspect
anuité ?... C'est que, la tempête finie, le ciel
a des nuages presque tous les jours; c'est que
la Pensée a, comme la Tristesse, de grandes
ailes noires qu'on ne voit pas, et qui projettent aux fronts rassérénés autant d'ombre que
si elles étaient visibles.

Madame de Scudemor était assise au chevet
du malade, mais le rideau qui tombait l'aurait empêché de la voir. Elle avait les bras
croisés sur son beau et inflexible corsage. On
ne pouvait pas dire qu'elle rêvât. Les figures

rêveuses pèchent toutes par l'expression, et
celle de madame de Scudemor ne s'émoussait
jamais dans les attendrissements obtus d'une
rêverie. Elle apercevait, à travers la transparence du rideau blanc qui flottait entre elle et
lui, Allan, à qui revenait la conscience des objets
extérieurs. Il y avait pour Allan, entre ses
souvenirs et la faculté qui sert à les interro-
ger, entre ses idées et son esprit, le même
voile que ce blanc rideau qui lui ennuageait
madame de Scudemor. Pauvre aveugle, qui
n'apercevait le jour qu'à travers la voilante
impression du bandeau tombé restée aux yeux
inassurés encore! Ce qu'il sentait, nous l'avons
tous senti; mais c'est ineffable à raconter. Il
essayait de se réaccoutumer à la vie, dont le
flot l'avait repris au fond du gouffre et le
réemportait doucement... Il cherchait à tâtons
son identité perdue. Il n'adressait pas la parole
à cette femme qui ne l'avait pas quitté, sans
doute. Il n'osait lui parler le premier, et il
brûlait d'impatience qu'elle lui parlât. Vingt
fois, le mot : « Merci pour tant de soins! » lui
vint sur les lèvres, mais pour y expirer dans
un soupir, partagé qu'il était entre le ressentiment et la réconnaissance. Elle, qui croyait *son*

malade sous la sommeillante influence de la fièvre, rendue plus engourdissante encore par cette accablante chaleur d'orage, ne remarquait pas ses yeux ouverts aux aguets derrière le rideau, et cette impatience de sortir du silence qui lui pesait.

Il fit un mouvement pour se mettre sur son séant, mais il était si faible qu'il retomba. Elle l'entendit.

Alors, elle ouvrit le rideau, et, à l'expression de ses yeux, elle vit que l'abattement avait cessé.

— « Comment êtes-vous ? » — dit-elle, avec cette voix éteinte qui ne vient que du bout des lèvres.

Et lui, qui n'avait qu'une pensée :

— « Oh ! ne me le demandez pas, — dit-il. — Si j'étais mieux, ne faudrait-il pas vous quitter ? »

Et une larme égoïste et lâche vint mouiller l'angle de ses yeux rougis.

Elle ne répondit point, mais baissa les yeux comme Curtius dut les baisser avant de se jeter dans le précipice. Elle les releva, tout rayonnants d'une volonté infrangible :

— « Allan, — reprit-elle, — je crois que vous pouvez m'écouter, maintenant, sans vous faire mal ; car l'émotion ne fait mal que quand elle déchire, et je ne vous déchirerai plus. Je vous rends votre parole de me quitter. »

Elle fut obligée de répéter ces dernières paroles. Allan se croyait dupe d'une illusion enfantée par la fièvre ou par le sommeil.

— « Non ! ce n'est pas une illusion, Allan, — ajouta-t-elle, — c'est bien moi qui vous parle ici. Voyez ! cette main, que je pose sur la vôtre, est bien la mienne. La reconnaissez-vous à sa froideur ?... Hélas ! vous ne la réchaufferez pas dans les vôtres, mais elle y restera jusqu'à ce que vous la repoussiez... »

Il la collait avec ardeur à ses lèvres, mais, comme si ce contact enflammé n'eût pas été perceptible pour elle :

— « Le chevet de ce lit — continua-t-elle — m'a été un enseignement formidable, et quelques jours passés à douter d'une vie que j'avais compromise ont ruiné mes résolutions. Quand on a eu pitié une fois, on ne peut plus s'en dédire ! C'est comme mourir quand on a vécu. En vain interroge-t-on cette sagesse qui a coûté plus qu'elle ne vaut, et que nous avons achetée à la sueur du sang de nos cœurs... Hélas ! quelque haute que l'orgueil ait proclamé cette sagesse, on est restée femme... L'etroitesse de la personnalité peut être brisée, mais elle n'est pas élargie. J'avais d'abord voulu le croire, Allan. Je me tenais échappée à tous les liens par la mort de ces passions imbécilles qui les acceptent. Mais une semaine a suffi pour faire justice de ces vues trompeuses. Une semaine a suffi pour m'éclairer sur une pitié que je méprisais. Orgueil humilié, volonté trahie, on sent une invisible main qui tout courbe au dedans de nos âmes, et le sentiment dont on croyait le plus disposer comme d'une largesse, c'est lui qui, malgré sa place furtive en nos cœurs, dispose et fait largesse de nous!

« Allan! Allan! on ne traite point les passions comme les maladies, et les moralistes qui conseillent au lieu de scruter, sont des myopes ou des imposteurs. Quand la Volonté, plus intime que la Passion même, ne la prend pas à la gorge pour l'étouffer; quand elle se ravale à n'être plus que le petit chien dans la cage du lion, on peut désespérer de la créature humaine tout entière; car il n'a été donné qu'à elle seule de se tirer d'un pareil danger. En vain ce qu'il y a de plus noble et de plus

dévoué en nous se prendrait-il de la plus immense sympathie pour l'être qui donne sa vie
à une passion, et lui prodiguerait-il les conseils d'une sagesse divine, la passion et la raison n'ont pas été faites de la même terre :
l'une est du limon humain, et l'autre la substance de Dieu même, et il n'y a pas de mé-
diateur possible entre elles deux, pas même la
Pitié !

« Cependant, quand la Pitié existe, et d'autant plus forte et d'autant plus vive que la
souffrance de l'être qu'on voudrait guérir vient
de nous, que reste-t-il à faire, Allan?... Voilà
plusieurs jours, mon ami, que j'ai agité cette
question au bord de votre lit d'agonie, et vous
savez maintenant comme je l'ai résolue. Je
me suis dit qu'il fallait être dévouée jusqu'au
bout ; que, puisque la femme n'échappait pas
aux conditions de sa nature (et, à coup sûr, la
souffrance et l'extinction des passions m'auraient donné cette triste supériorité, si elle avait
été possible), il fallait sortir de l'égoïsme de
la pensée, de la stérilité des conseils, et se
prendre à des abnégations plus grandes que
celles qui ne m'avaient servi à rien.

« Mon ami, quand je vous ai raconté ma vie

de cœur — à vous que la société n'a pas flétri
de ses doctrines de salon et de ses instincts de
vanité — pour vous détacher plus vite de moi,
qui n'avais pas d'amour à vous offrir, et qui,
comme toutes les femmes que les hommes
devraient en absoudre, ai profané les plus
beaux dons de l'existence, pureté, dignité,
amour, jeunesse, c'était là une abnégation,
sans nul doute. Demandez à des femmes plutôt! Prudes hypocrites, elles crieraient à la dé-
hontée! et, au fond de leurs faibles cœurs,
elles m'estimeraient à la manière des lâches,
en ayant peur de mon courage. Mais c'était
une abnégation inutile. J'aurais dû m'en apercevoir avant aujourd'hui. Moi qui connaissais
les passions, je n'aurais pas dû penser que
vous me croiriez sur parole ou qu'un aveu
comme le mien ne me grandirait pas à vos
yeux! Je raisonnais bien, dans l'hypothèse où
vous partiriez. Mais cette hypothèse même était
absurde, avec ma pitié! Dans ce monde, il n'y
a que de la faiblesse ou de la force, et mon
dévouement avortait.

« O Allan! je tiens de l'expérience de ma vie
que tous les amours sont finis, — même les
plus profonds et les plus purs. Nos cœurs se-

raient de granit que le temps exfolie le granit,
mais ils sont de chair, mon ami, et nous avons
les déceptions et les déboires, et le bonheur même, bien plus terribles que le temps!
qui, du moins, ne nous use pas en un jour,
qui ne nous blanchit pas les cheveux dans une
nuit. C'est une triste science que de savoir
cela, Allan! mais vous ne me croyez pas, vous
secouez orgueilleusement la tête à mes paroles,
et vous rêvez des délices éternelles dans les
bras d'une femme aimée. Vous ignorez cette
immense tristesse qui, plus tard, vous enva-
hira aussi, beau et fier incrédule, heureux impie! L'amour que vous avez pour moi est de
nature, plus qu'aucun autre, à vous apprendre
le peu de durée des passions.

« Eh bien, parce que cet amour d'exception,
cet amour plus insensé que les autres, plus
que les autres doit bientôt périr, et surtout,
surtout pour l'éteindre plus vite, Allan! je me
dévouerai jusqu'à ses dernières exigences. Je
vous épargnerai des douleurs qui pourraient
troubler à jamais votre vie; car ce n'est rien
que de tuer une illusion, mais c'est tout que
de la blesser. J'épuiserai la lie des obéissan-
ces, tout ce que la pitié n'empêche pas d'être

si cruel dans les sacrifices de la fierté. Mais
ne vous y méprenez pas, Allan! le seul sentiment que vous pourrez avoir jamais de moi,
vous l'avez. »

Et elle se tut... Sa voix n'avait pas tremblé,
mais une frêle teinte, d'un rose bientôt effacé,
était passée à la sommité de sa joue pâle.
Signe touchant de la nature épuisée, dernière
goutte de sang perdu au combat! La joue reprit sa pâleur ambrée avant qu'Allan eût répondu. Cette femme, dont sa jeunesse ne
comprenait pas toute la grandeur, avait mis le
chaos dans son cœur et dans sa tête... Son
amour, qui, tout à l'heure, se consumait dans
les désirs ignés de la possession, reculait
comme d'effroi devant ce don si triste et si
dépris que madame de Scudemor faisait d'elle-
même, devant cette générosité qui s'aumônait
de si haut! Ceci était plus réel, plus vrai, plus
glaçant que le reste. Ordinairement, c'est la
confiance en Dieu qui produit la résignation
aux plus cruels événements de la vie; mais
cette résignation à une passion qu'on ne partage pas, venait, chez madame de Scudemor,
de sa confiance en l'instabilité du cœur. Au
plus furieux de ses désirs, ce langage aban-

donné aurait subitement arrêté Allan de Cynthry. Le bonheur rêvé, qu'elle lui avait défait,
avec son langage extraordinaire, avant de le
lui jeter comme on jette à un pauvre un morceau de pain, il ne se sentait pas le courage
de le ramasser... Il ne le reconnaissait plus !

Il avait lâché, pendant qu'elle parlait, la
main qu'il avait d'abord portée à ses lèvres.
Maintenant, cette main glissait sur le bord du
lit, isolée.

— « Ah ! pourquoi, — murmura-t-il avec l'accent du reproche, — pourquoi ne m'avez-vous
pas dit seulement que je ne partirais pas ? »

XII

S! Allan n'avait pas aimé autant qu'il le faisait madame de Scudemor, ou si, volonté plus énergique, il avait pensé à garder immaculée la fierté de son amour blessé par elle, il l'aurait englouti dorénavant dans son cœur. On ne veut pas guérir, mais on sourit noblement par-dessus sa blessure. Malheureusement, Allan appartenait à une époque où l'éducation religieuse n'existait pas plus qu'aujourd'hui, et où l'on sacrifiait tout aux développements intellectuels et sensibles. A une pareille époque, un caractère doit se former bien lentement, quand l'homme ne meurt pas à la peine. De plus, ne l'oublions pas! Allan avait dix-sept ans.

Telle fut la raison pour laquelle l'impression aride que lui avait causée madame de Scudemor en se faisant volontairement la victime de sa pitié, à elle, et de son amour, à lui, ne produisit dans le cœur ardent et faible de ce jeune homme aucun résultat fort et grand. C'était un homme à la bavette, qu'Allan, comme la plupart des hommes de son temps, même plus âgés que lui.

La poétique imagination par laquelle toute la vie lui arrivait, trouva dans la conduite de madame de Scudemor quelque chose d'étonnant et d'étrange que la spontanéité de son esprit n'avait pas prévu. Si elle ne l'aimait point, comme elle le disait, pourquoi donc s'offrait-elle à lui? Elle devenait, pour lui, incompréhensible comme Dieu. Mais ne pas comprendre, pour qui aime, c'est encore une raison de plus pour aimer.

Et puis, il faut, pour ne pas trop le mépriser, insister sur ce point qu'il traversait cet âge du cœur que l'on se rappelle bien confusément

quand il n'est plus, et dont tout est resté indécis, excepté le trouble qu'il nous causa.
Quel est cet âge? On ne le saurait dire. Il n'a
point de date. Les mystérieuses années de
l'âme ne se comptent pas comme celles qu'un
anniversaire marque d'une unité de plus. Il
est entre douze et dix-huit ans, peut-être.
Comme il faut que la lumière soit quelque
part, on la met sous le ciel. Elle y peut! C'est
alors que notre vie ressemble à l'œil mi-clos
sous l'éclat d'un jour soudain, que notre sein
se soulève comme l'Océan quand la marée
monte; car c'est la puissance de la tempête
que la frêle haleine qui les gonfle tous les
deux! C'est alors que le baiser au front de
nos sœurs cesse d'être frais comme la rosée
des lèvres de l'enfance; c'est alors que la bouche de nos mères n'a plus, en passant sur nos
bouches, le goût qu'elle avait autrefois; — que
nous pensons à cela bien longtemps dans la
nuit avant de nous endormir, nous sentant
rougir dans l'obscurité comme si nous étions
coupables, parce que nous aspirons la vie
dans les troubles menaçants qui l'annoncent.
Cet âge, Allan en sortait, comme on en sort
toujours, par un amour qui n'est plus le bon-

heur d'aimer en ignorance, par un amour qui
n'est plus l'amour de l'amour. La convalescence le replaça bientôt sous l'empire de sensations d'autant plus brûlantes, que ses sens
n'avaient jamais effleuré ces plaisirs dont l'accoutumance enlève si vite l'enivrement et le
charme. Plus sa jeune force lui revenait chaque
jour, plus il oubliait tout ce qu'il savait de
cette femme, pour ne se préoccuper que de ce
qu'il n'en savait pas... Ce n'était pas seulement
la convalescence qui alanguissait sa démarche,
ce n'était pas seulement un reste de fièvre qui
lui tiédissait le fond des mains. Il y avait une
vie concentrée et sans rayons dans ces yeux
chargés des désirs d'une volupté inquiète.
Chose singulière! aux rares instants où, en
regardant madame de Scudemor, il imaginait
la vie autrefois passionnée de cette femme qui
ne l'aimait pas, les tableaux qu'il se retraçait
donnaient à ses désirs une nouvelle furie. Rien
n'est délirant comme cette jalousie qui broye
des cantharides dans ses poisons.

Un soir, dans ce salon où madame de Scudemor avait donné à Allan, au milieu du
monde, ce rendez-vous dont les suites furent
si inattendues pour lui et pour elle, ils étaient

tous deux seuls. Quel changement avaient amené
les trois semaines qui venaient de s'écouler,
même dans ce vaste salon, plein et bruyant
alors, maintenant muet! et qui paraissait d'autant plus spacieux qu'Allan et madame de
Scudemor en occupaient un des angles.
Madame de Scudemor était assise alors sur le
divan, toujours monumentale, toujours droite,
toujours rectangulaire, toujours majestueuse.
Elle était vêtue d'une simple robe de satin
noir, attachée très bas aux épaules et sans
dentelles. Ces épaules, larges et parfaites de
forme, gagnaient encore à être vues dans le
noir luisant du satin. Cependant, en sortant
de la robe qui aurait dû en relever la blancheur, elles avaient de ces teintes plus humaines que les mates et éblouissantes de l'albâtre,
teintes jaunies comme celles d'un beau marbre
lavé trop longtemps par les pluies. Dans
l'ombre projetée par les persiennes entr'ouvertes, sa forte tête, dont ses cheveux bruns,
tordus à la Niobé, étaient le seul ornement,
se moulait avec énergie sur la boiserie blanche
des lambris qu'elle avait derrière elle. Allan
était assis sur le divan, à ses côtés, un bandeau noir au front, sombre couronne sur le

clair de ses cheveux châtains, et qui donnait a
sa physionomie quelque chose de froncé, de
mutin et de fragile tout ensemble, dont le
charme était irrésistible. Elle allait y résister
cependant. Même la Beauté, madame de Scudemor ne la voyait plus! Pour toute autre
femme que pour cette grande Revenue de
tout, pour ce Spectre d'avant la mort rôdant
on ne savait pourquoi dans la vie, cet adolescent d'une figure enchanteresse aurait été
d'une séduction infinie. C'était l'heure, si
perfide et si belle, que Dieu créa pour le bonheur ou le malheur suprêmes. Le soleil baisait
du bout de son dernier rayon les rideaux en
velours incarnat de la fenêtre, et l'horizon
apparaissait, à travers les barres de la persienne, inondé de cette vapeur rose qui semble
le reflet, au ciel, de toutes les pudeurs voilées
et des secrètes voluptés de la terre, à cette
heure suave et recueillie. Des fleurs mouraient
dans de longs vases au fond du salon. Le
piano était ouvert, et ils causaient. Et, quoique
ce fût à mi-voix, souvent une vibration trahissait ce qu'ils se disaient tout bas sous le plafond sonore de ce grand appartement vide.

Que se disaient-ils ainsi tous les deux? Pour

la première fois de sa vie, Allan, inspiré par
les mystères de l'heure et de l'ombre sous les
persiennes, par ces exhalaisons de fleurs mou-
rantes et les impatiences longtemps contenues
de son amour, se livrait aux entraînements de
sa pensée juvénile et brûlante.

— « Oh! vraiment, — disait-il avec poésie, —
— est-ce qu'un peu de ce qui m'émeut et m'a-
gite ne se glissera pas en vous, pour vous émouvoir d'un sentiment qui ne soit pas seulement
cette fatale pitié? Ah! je ne demanderais cela
que le temps d'un regard et d'un soupir. Est-ce
trop, ô mon Dieu! Est-ce que celle qui eut
votre âme n'a plus une seconde d'amour à
donner? Eh bien, ce serait un ressouvenir ou
une méprise! ce serait tout, plutôt que ce rien
de la pitié! mais, du moins, je vivrais toute
ma vie sur ce moment-là! Oh! m'aimer faible-
ment, presque pas, mais enfin m'aimer, ou du
moins me le faire croire, à moi, pauvre fou,
le temps presque dévoré que le soleil va mettre à quitter ce rideau dont le reflet s'exhale
déjà sur votre front, ô vous, à qui tout est possible, dites! est-ce trop?

— Allan, — répondit-elle, — demandez
plutôt au volcan éteint un bouquet de roses de

Bengale! Rien ne fleurit, même pour une seconde, dans mon cœur dévasté.

— Eh bien, mentez! — reprenait l'âme en peine. — Mentez par pitié! puisque la pitié a survécu à la mort de votre cœur. Dites-moi une fois que cette cendre est la rose, qu'une seule pression de votre main d'acier c'est de l'amour, et je vous croirai! Que l'éternité me détrompe après, mais je vous aurai crue!

— Allan, — répliqua-t-elle, — l'amour est plus difficile à contrefaire que la jeunesse, et la jeunesse passée ne se recommence pas. D'ailleurs, quand on a un sentiment profond, à peine si le langage de l'amour vrai apaise les défiances de l'amour. Si la vérité ne satisfait pas l'âme éprise, croyez-vous que vous vous rassasieriez des illusions grossières d'un mensonge qui nous avilirait tous les deux?...

— C'est vrai! » — dit-il, en penchant sa tête sous la croix de cette démonstration. Et il recommença de gravir ce Golgotha de l'impossible, que tout homme monte pour aller mourir au sommet.

Un peu plus d'ombre tomba dans l'appartement déjà obscur.

— « Voyez-vous! — reprit-il, — plus de

lumière, là où il y en avait. — Et du doigt il
lui indiquait le rideau incarnat avec mélancolie. — Ce serait déjà fini, si vous aviez
voulu !

— A mon vouloir non plus qu'à votre
parole, Allan, — dit madame de Scudemor,
— il ne reviendrait pas plus de lumière là
qu'ici ! » — Et elle posa sa main sur son cœur.
Cependant, le vent apportait l'odeur des fleurs
nocturnes du jardin, et le ciel rose changeait
de couleur à travers les jours de la persienne.

— « Eh bien, — s'écria-t-il violemment, — à
moi les ténèbres ! » — A la fin, la passion se
levait. Voilà qu'il saisit des deux mains le
corsage ; il se jeta dessus, comme Achille sur
l'épée, et l'enfant monta jusqu'à l'homme.

Un imperceptible mouvement en arrière
avait échappé à madame de Scudemor, mais
l'héroïque femme se rapprocha d'Allan, comme
si elle eût voulu châtier en elle l'instinct
révolté... Allan bondit, en se rejetant à l'extrémité du divan, comme si, à l'instant, sous
ses pieds, eût surgi tout un incendie.

— « Oh ! pardon ! pardon ! — disait-il, en se
tordant les mains avec angoisse. — Pardon !

mais je ne peux plus résister! mais je souffre! mais j'affole! mais il fallait me laisser mourir! Oh! en grâce, dites-moi, ordonnez-moi de sortir! Peut-être que je vous obéirai encore. Il est grand temps. L'air de cet appartement m'écrase. Ces fleurs m'enivrent. En grâce, ordonnez-moi de sortir!

— Ce serait une lâcheté! — répondit-elle, en gonflant fièrement ses narines, comme si elle eût marché sur un serpent. Et elle n'ajouta rien de plus.

— Mais vous n'êtes donc pas une créature humaine?... — s'écria-t-il. Et il enfonçait ses poings fermés dans ses yeux, comme on fait quand on veut être athée en face du monde. — Vous n'êtes donc pas de la même nature que moi? » — Et, comme s'il eût cherché la solution du problème auquel l'intelligence ne suffisait plus, il ramenait ses mains frissonnantes à la taille qu'il avait quittée... Le satin criait sous ses doigts et chatoyait comme électrique. Il sentait la résistance du contour voluptueux de la hanche contre son flanc, à lui, labouré de mille aiguillons. Il était pâle, il était pourpre, puis il était pâle encore, et le bonheur respiré en faisait un enfant de la

beauté sublime qu'on ne voit qu'une fois dans
la vie, et qu'on ne reverra jamais plus.

Madame de Scudemor le regardait avec ces
yeux profonds qui creusent et allongent dans
l'âme comme une spirale infinie. Mais il l'aimait tant, qu'il semblait prendre un orgueilleux
plaisir à défier ses perçants regards. Au plus
perdu du fond du cœur d'Allan, elle pouvait
se voir encore. Un vague sourire venait à ses
lèvres, tandis que le souffle d'Allan effleurait,
au-dessus, la trace veloutée et brune qui n'a
pas de nom chez la femme et qui redouble la
fureur des baisers. Ce fut là que tomba le premier de la bouche virginale du jeune homme.
Ah! ce premier baiser sur les lèvres d'une
femme, qui donc n'en a pas failli mourir ?...

Les autres, les mille autres qui suivirent, ruisselèrent jusque sur les épaules comme une pluie
cinglante. Il n'interrompait ses dévorements de
caresses que pour la regarder avec des yeux
plus doux qu'un rêve. Pourquoi donc la caresse
commence-t-elle et finit-elle par un regard ?...
« Ah! je t'aime! je t'aime! — répétait-il avec
une voix qui n'avait plus de timbre. — Ne
m'aime pas, mais laisse-moi t'aimer! » — Et,
noué à elle à double étreinte, il la renversa

sur le divan. Elle y tomba, résignée, plus noblement que la Romaine qui drapait sa tunique,
à l'heure suprême, pour plus chastement
mourir. En voyant cette femme sans résistance,
qui aurait cru que se livrer ainsi était un dévouement ineffable, qu'aucun battement de cœur ne
suivrait pas?... Une seule fois l'amoureux Allan
ne tiédit cet épiderme de la contagion des
jouissances dont il se repaissait alors. Au sein
de cet amour dans lequel une autre femme se
serait noyée et perdue, et qui ne lui renvoyait
même pas une goutte rafraîchissante à son front
lassé, madame de Scudemor ressemblait au
plongeur sous sa cloche, dans l'Océan. Premiers
et incomparables transports de la possession!
La sensation est indivisible et l'homme s'ab-
sorbe dans une formidable unité. Sans cela,
qui achèverait le calice, si la liqueur à moitié
bue était sans parfums et glacée?

.   .   .   .

.   .   .   .

.   .   .   .

.   .   .   .

— « Oh! tu es à moi, maintenant! — dit-il,
après un long silence, comme s'il sortait d'un
évanouissement.— Tu es bien à moi!... » — Et

il la souleva. La tête de madame de Scudemor
était enfoncée dans la soie des coussins du
divan. Le peigne qui retenait et fixait la torsion
de ses cheveux tomba, et ils ruisselèrent sur
ses épaules. Le hasard a parfois de ces mensonges. Il ment comme s'il comprenait! Cette
apparition de désordre et de passion contrastait avec la physionomie introublée de cette
femme aux cheveux défaits, lac d'une limpidité
profonde sur lequel ne se reflétait pas de ciel.
Dans un moment qui, plus tard, devait venir,
cette physionomie était une réponse d'airain
au triomphant Allan. Y avait-il un être au
monde qui plus que madame de Scudemor eût
échappé à la passion dont elle avait la science,
et qui, à cette heure même, fût plus intimement retiré dans le désert de sa malheureuse
personnalité?

Ses mains rattachaient le bandeau de soie
noire qui ceignait le front d'Allan :

— « J'ai craint tout à l'heure, — lui dit-elle,
— que votre blessure ne se r'ouvrît. » — Mot
qui la résumait tout entière, cette grande fou-
droyée, mais chez qui la foudre n'avait pas pu
anéantir la dernière et la plus chétive des sympathies de la femme.

I.   22

La nuit se closait. Le vent, entré par la
fenêtre, fraîchissait. Les fleurs des vases devenaient plus mortes. Le silence plus profond
autour d'eux. On ne voyait plus sur le divan,
tant l'obscurité s'allongeait sous le blanc plafond. Sans qu'ils y songeassent, leurs voix
avaient baissé progressivement avec le jour.
Effet irrésistible de la solennité de la nuit, qui
nous fait parler bas comme dans un temple!

On entendit un pas léger monter le perron
de la porte-fenêtre du salon, dont les persiennes étaient seulement poussées. C'était
Camille, qui revenait du jardin par là.

— « Où es-tu, maman? » — disait-elle, avant
d'être entrée, de cette voix de rose que rien
n'égalait en douceur et que Dieu devrait donner
au guide de l'aveugle, pour le consoler de n'y
voir plus.

Madame de Scudemor s'était levée du divan
et s'appuyait sur la fenêtre, dont elle avait ouvert la persienne.

— « Allan et toi, vous n'auriez donc pas pu
vous promener ce soir? — dit Camille, dont les
pieds, blancs de poussière, coupaient le noir
de l'ombre sur le parquet. Elle s'assit sur le
tabouret du piano, qu'on n'avait pas fermé

depuis ses exercices du matin. — Tu dis tant, maman, que tu aimes la Normandie par ses couchers de soleil! Tu n'as pas vu comme celui de ce soir était beau ! »

Madame de Scudemor donna un prétexte insignifiant à sa fille pour n'être pas sortie ce soir-là. Resté sur le divan, Allan recueillait en lui-même l'impression des heures qui venaient de s'écouler. Son âme était triste. Pourquoi, puisqu'il avait été heureux jusqu'à l'ivresse ? Ah! c'est qu'il avait été heureux... « Triste comme les joies qui ne sont plus », a dit Ossian, avec son profond regard de vieillard dans le cœur de l'homme.

Comme il se taisait :

— « Seriez-vous plus souffrant, ce soir, Allan? » — fit Camille, avec une timidité inaccoutumée ; car, depuis que le jeune homme avait changé de manières avec elle, la hardie enfant semblait avoir peur de lui. Lui adressait-elle une question, elle tremblait comme la feuille en attendant sa réponse.

— « Pourquoi voulez-vous que je sois plus souffrant? — répondit-il avec brusquerie. — Est-ce parce que je ne joue pas avec vous? » — Son accent fut d'autant plus dur qu'il était con-

trarié de ce que cette petite fille fût venue
interrompre son bonheur et se fût interposée
comme un obstacle entre lui et la femme qu'il
aurait voulu retenir plus longtemps dans ses
bras. Le silence recommença. Mais un gémis-
sement résonnant et court s'entendit.

Ce n'était que le piano, sur les touches
duquel Camille avait appuyé ses deux coudes,
pour reposer ainsi sa tête dans ses mains.

XIII

ALLAN A MADAME DE SCUDEMOR

OH! Yseult! Yseult! la soirée d'hier m'a fait oublier les souffrances qui l'ont précédée. Cette soirée a dû nous désabuser tous les deux. Vous m'aimez, puisque vous n'avez pas repoussé mes caresses! Voilà ce que je me répète! Voilà ce qui m'a consacré mon bonheur! Vous avez été à moi, Yseult, mais vous n'auriez pas été à moi sans amour! C'était de l'amour que vous preniez pour de la pitié!

Quand on a souffert autrefois, la peur met un masque au sentiment dont on pourrait souffrir encore. On ferme les yeux, mais il est là...

« Oui ! tu m'aimes, puisque tu t'es donnée ! Femme adorable ! ils n'ont pu t'arracher ta puissance d'amour. Ils l'ont tourmentée, déchirée, mais elle est restée inépuisable en toi, qui la croyais tarie. Ils ont indignement abusé de ce qu'il y avait de plus céleste dans les dons que Dieu t'avait prodigués, mais ils n'ont pu venir à bout des magnificences de ton âme. En vain ces dissipateurs insensés et cruels s'imaginaient-ils t'avoir dépouillée de ces trésors de tendresse et de dévouement dont le cœur des femmes est rempli ; en vain, l'orgueil châtié par la souffrance, pensais-tu n'avoir plus à donner à celui qui t'aime que le *denier de la veuve* de tant d'affections ensevelies, que cette pitié tant de fois invoquée ! Tu ne savais pas plus qu'eux, Yseult, quelle colossale fortune il te restait... Moi, venu le dernier d'entre eux tous, je me referai une coupe où boire le bonheur et l'amour avec les débris du vase d'albâtre qu'ils ont brisé, et dans lesquels il reste imprégné un si suave parfum encore, qu'on le dirait couronné de toutes les fleurs de ton printemps !

« J'ai bien souffert, et par ta faute! — Et pourtant, tu n'étais pas de celles qui cachent leur secrète pensée ou qui la démentent. Ton noble cœur avait refusé de retenir ce que le monde t'aurait peut-être appris, si tu n'avais pas été toi. Tu m'as toujours paru trop grande pour ne pas être vraie. Toutes tes paroles respiraient la sincérité d'une amie, mais, malgré toi, tu m'étais davantage, et un même jour devait emporter les illusions dont tu m'accablais et mes défiances, plus opiniâtres que mon espoir! Ce jour est venu, et c'est plus que ta bouche qui a parlé, Yseult! Ah! je suis bien faible, ou le bonheur inattendu bien terrible, mais ce m'a été un tel envahissement de félicité dans mon âme, que, n'eusses-tu pas été sincère avant ce jour d'abandon, après, tu serais pardonnée!

« Et toi, Yseult, n'es-tu pas heureuse aussi de te retrouver de la jeunesse quand tu la croyais évanouie?... Pour une âme comme la tienne, vieillir est un mot qui n'a pas de sens. Aussi, ne te réjouis-tu pas, du sein de tes désespoirs de la veille, de te reconnaître immortelle?... Noble joie! Orgueil digne de toi! Quand tu disais que tu n'étais plus que l'ombre de toi-même, quand tu jurais que la pierre du sépulcre

était scellée à ton cœur glacé, ne te sentais-tu
pas un regret inconsolable de la vie, une
horreur secrète de ton néant? Ne pleurais-tu
pas sur la torche éteinte, dans cette nuit des
Catacombes où tu errais seule, au hasard? Toi,
forte et vivante créature toujours relevée autrefois, plus indomptable à chaque revers! toi
que souffrir n'avait pas corrigée d'offrir ton
brave cœur, dans l'intrépidité de son amour,
aux déceptions, aux trahisons, aux ingratitudes!
ne sentais-tu pas ton rôle d'héroïne trop tôt
achevé? qu'aimer toujours, qu'aimer encore
était une grande et belle destinée? une destinée qui t'allait mieux? Ne sentais-tu pas que
la femme dont l'amour ne s'était pas desséché
à ces souffles âpres de la vie l'emportait jusque
sur Dieu même? Car, Dieu qu'il est, sauve de
la souffrance l'éternité de son amour, et la
femme n'en a pas été préservée.

« Laisse-les dire, ces êtres inquiets parce
qu'ils sont bornés! laisse-les dire! dans les agitations de leurs petites jalousies. Moi, je comprends mieux l'infini, et tu peux te rassurer,
ô Yseult! Non! la vierge ne vaut pas la femme
qui s'est purifiée dans l'ardent creuset des passions. Elle ne la vaut ni comme amour, ni

comme pudeur même! C'est surtout quand elle aime pour la centième fois, que la femme est le plus sublime. Voilà ce que ton amour m'a appris, voilà ce qui me fait t'adorer plus à genoux encore! N'est-il pas écrit, ô ma bien-aimée, que le neuvième ciel est le plus beau?...

« N'aie donc pas peur pour moi, Yseult! Dans la félicité suprême d'être aimé par toi, j'oublierai tout ce que tu m'as raconté de ta vie; ou si parfois tu me le rappelles, tu en seras plus grande à mes yeux. Ne te dois-je pas le bonheur manqué dans toutes les épreuves? Pose donc sur ma tête, ô Yseult, ton dernier essai d'être heureuse! Ah! cette idée fait de moi plus qu'un homme. Elle me divinise pour mieux t'aimer!

« Oui! tu seras aimée par moi, Yseult, comme, aux jours les plus exigeants de ta jeunesse, tu désirais le plus d'être aimée, et tu retrouveras dans mon amour les félicités commencées et détruites, comme les autres amours passés, évanouis. J'ai la fierté d'un amour immense. Je crois l'emporter sur les cœurs stériles qui t'ont aimée. Ne m'as-tu pas dit que j'étais plus vrai et plus pur?... Ne résiste

donc pas au sentiment qui t'entraîne ! Avoue-le,
quand tu es toute à lui ! Oh ! malgré les extases
trouvées dans tes bras, Yseult, mon bonheur
est incomplet encore. J'ai besoin de te voir te
confier à moi-même et à toi. Que je t'entende
me dire : « C'est vrai, Allan, une chétive
pitié ne m'aurait pas poussée à de tels sacrifices ! » et je ne te demanderai jamais davantage, et je m'appuierai sur ton épaule jusqu'à
ce que tu t'appuies sur la mienne, reposé
pour des siècles et indestructiblement heureux ! »

XIV

MADAME DE SCUDEMOR A ALLAN

ALLAN, tout est une harpe au poète
et votre lettre est un chant
d'amour. Votre jeunesse n'a pas
voulu croire à ce que je vous
disais de moi-même; il vous a été plus doux
de penser que je ne me connaissais pas.
Parce que j'ai agi comme celles qui aiment,
vous vous êtes hâté de proclamer la résurrec-
tion de mon cœur. Hélas! pourquoi ne l'au-
riez-vous pas fait? Chose ordinaire et misé-

rable! Ne sommes-nous pas aussi souvent dupes de nos joies que de nos découragements?

« Ah! si je n'avais été que découragée, peut-être eussiez-vous eu raison, mon pauvre Allan. Le découragement est de la passion encore. Elle est renversée, mais elle vit... C'est un abattement bien cruel, je le sais, mais il y a au fond une révolte. Tant qu'on murmure, on n'est pas entièrement détaché. J'ai connu cet état de l'âme, cette langueur d'un désespoir fatigué, cet accroupissement sur soi-même, cet enveloppement de la tête avec son manteau, quand on est décidée à se laisser mourir, comme autrefois Anaxagore. N'ai-je pas lu que Périclès vint trop tard?... Vous aussi, comme Périclès, vous avez manqué l'heure, Allan. Depuis longtemps elle est passée. Je ne reproche plus rien à la vie, et si je vous ai dit que l'amour m'était impossible, je ne me plaignais pas: je me jugeais.

« Vous m'avez fait trop grande, mon ami, dans vos adorations exaltées. Je ne sais pas s'il est de ces femmes dont l'âme n'ait jamais faibli à aimer, — qui, sur les morsures de chaque amour tombé de leur sein, pussent

toujours en reprendre un autre pour l'y re-
placer de nouveau. Je ne sais pas si la nature
choisie dont elles sont faites a rendu la douleur si impuissante qu'elles aient pu, sans
peur, lui ouvrir généreusement leurs poitrines.
Hélas! il n'y eut place que pour sept glaives
dans le cœur de la mère de Celui qui fut tout
amour. Mais s'il existe de ces femmes toujours
défaites, jamais vaincues, à qui la force n'a
pas manqué à la millième étreinte, capables
du bonheur d'être aimées, plus difficile que
d'aimer encore; s'il en exista ou s'il en existe,
vous pouvez les appeler sublimes, car elles le
sont, mais ce n'est pas moi! Moi, la passion
m'a toute dévorée. J'ai résisté au courant de la
destinée qui m'entraînait où je suis tombée.
J'ai résisté longtemps, toute pleurante, me
déchirant aux arbres moqueurs de la rive, qui
avait croulé sous ma main. Mais il a bien fallu
céder! Le flot de douleurs doublait toujours,
et, d'ailleurs, le gouffre n'était pas loin, vide,
béant et solitaire, dans lequel vous tendez les
bras, jeune homme, mais d'où vous ne pouvez
pas me sortir. Du bord désert où vous vous pen-
chez pour m'atteindre, je ne reçois rien que
vos larmes. Vous voyez bien que je ne suis

pas l'admirable créature que vous dites, celle
dont l'imperturbable amour est toujours une
virginité nouvelle! Reprenez donc, ô poète,
votre couronne d'étoiles! Je ne suis pas digne
de la porter.

« Allan, vous voulez de l'amour en échange
du vôtre, aussi me niez-vous obstinément ma
pitié. Vous ne comprenez pas que, sans amour,
je ne vous aie pas repoussé. Mais c'est que
vous ne connaissez pas, mon ami, ce qu'est la
pitié au cœur des femmes! Je l'ignorais comme
vous, avant d'avoir vu vos combats et vos
défaillances. Mais, croyez-moi, c'est quelque
chose de bien éternel et de bien irrésistible,
puisque, moi qui avais acheté assez cher l'empire que j'avais sur moi, je n'ai pu me défendre de ce sentiment trop méprisé... Ah! la
pitié, c'est de l'amour, sans le bonheur qu'il
donne. Voilà pourquoi ce n'est pas de
l'amour.

« Si vous aviez aimé une autre que moi,
Allan, une autre à qui un peu de jeunesse de
cœur fût restée, peut-être ce qui fait les trois
quarts de l'amour dans les femmes aurait-il
suffi à vos ardeurs. Cette pitié aurait ravivé
d'expirantes tendresses, r'ouvert la source des

pleurs mal essuyés, et fait éclore un dernier
enchantement du sein de toutes ces mélan-
colies. *Elle* aurait pleuré sur vous et sur elle.
Elle vous aurait dit de la soutenir. Elle vous
aurait embrassé comme la dernière colonne
de son temple, et vous vous seriez perdu dans
toutes ces tendresses qui eussent été de l'amour
encore, une félicité bien voulue, un rayon de
soleil tardif, mais d'autant plus doux, dans ce
feuillage flétri d'automne trempé des pleurs
d'un ciel affligé ! Pourquoi ne suis-je pas de ces
Élues qui se déprennent lentement de l'existence et qui se serrent contre elle, avec le
regret de la quitter? Pourquoi vos bras, autour
de mon cou, ne m'ont-ils pas fait un collier
d'illusions dernières? Pourquoi mon cœur, ce
vieillard transi, ne se réchauffe-t-il pas à ce
soleil?... Pourquoi, aux heures où vous cher-
chez dans mon âme à travers mes yeux,
dévastés comme elle, une émotion qui vous
console, une ivresse éphémère, mais revenue,
et qui vous dise de mieux espérer, n'ai-je pas
même l'exaltation ou la douceur de ma
pitié?... Ah! c'est que rien ne me fut laissé de
ce que Dieu oublie bien souvent d'enlever
aux femmes malheureuses : — le soulagement

d'un enthousiasme de temps en temps, et
assez d'attendrissement pour une larme. Non!
vous ne pouvez vous y tromper, Allan. Je n'ai
pas de ces embrassements où la mère et
l'amante se confondent. Je ne saurais me pencher sur une tête chérie pour y verser ce
déluge de célestes larmes qui, aux fronts aimés
comme aux cœurs de qui les répandent, ne
devraient pas sécher si tôt! Je ne suis qu'une
femme sans prestige, un génie sans auréole,
et si c'est se dévouer que ce que j'ai fait,
Allan, je n'ai pas même eu la joie intérieure
de mon dévouement accompli.

« Pauvre sacrifice, du reste, qui n'aurait
pas dû tant vous troubler! Tout le temps que
ce n'est pas de son âme et de son bonheur
qu'on sacrifie, boirait-on du sang, comme cette
fille qui sauva son père, le dévouement est si
imparfait qu'il dispense de la reconnaissance.
Qu'était-ce que moi auprès de vous, Allan?
J'étais vieille, et si guérie de la vie que j'avais
rétracté toutes les malédictions prononcées
autrefois contre elle, tandis que vous, jeune
homme, vous n'aviez encore souffert que ce
qu'involontairement je vous avais fait souffrir.
L'avenir vous tendait les bras comme un ami;

plus tard, l'existence pouvait vous être douce et belle. Ne devais-je pas, autant que je le pouvais, vous en épargner les angoisses? Fallait-il aller chercher quelque motif imbécille dans les idées du monde, pour opposer à cette fatale pitié?... Eût-il été généreux, à moi que plus d'un amour avait flétrie, d'écouter je ne sais quel scrupule, quand, pour la première fois, ce n'est pas de moi qu'il s'agissait?... Ma conduite a été plus simple, Allan, mais ne m'élevez pas par le sacrifice. Ne m'attachez pas à vous par un lien de plus. Ma main ne tremble pas en écrivant que je me suis donnée ; mais si j'avais pu vous donner un battement de cœur ou une larme, j'aurais fait davantage pour vous... »

XV

ENDANT la maladie d'Allan, Camille, à qui, on l'a vu, sa mère
avait permis seulement de venir
s'informer du malade à la porte
de l'appartement qu'il habitait, Camille avait
vécu dans l'indépendance de l'isolement.
Madame de Scudemor, effrayée du danger
d'Allan, n'avait plus d'yeux que pour lui. La
surveillance de sa fille se perdait dans une
surveillance bien autrement anxieuse. On n'y a
pas assez réfléchi, le sentiment maternel, qui
vient des entrailles, c'est-à-dire de plus bas

que le cœur, perdrait de la sainteté de son
caractère si un souvenir ou un regret ne le
sauvaient pas des instincts seuls de l'animalité.
Croyez-le! la mère n'est si belle que quand
elle est un débris de l'amante. Bonheur passé,
peine ressentie, dédommagement d'une attente
trompée, voilà la gloire mystérieuse qui luit
autour de la tête d'un enfant chéri, l'étoile
pâle qui se baigne éternellement dans l'eau
murmurante des larmes dont le cœur est la
source, le secret de ces délectables tendresses,
de ces regards passionnés de toutes les passions, et qui tombent, bénissants et suaves, sur
un fils stupide ou une fille laide, comme un
baiser de Dieu sur la nature! Mais quand
l'amour, cette tunique sans couture qui enveloppait deux cœurs transfondus, a été déchiré
dans chaque fil de sa trame fragile et qu'il
n'en reste pas un haillon sacré pour en faire
des langes à l'enfant qui pleure, le malheureux grandit comme il peut dans son berceau. Le cordon ombilical du passé a-t-il été
tranché comme celui de la chair? L'enfant ne
tient plus à la mère. Cette vie une, dans sa
duplicité merveilleuse, éclate et se scinde tout
à coup, et, chose cruelle! dans cet arrache-

ment de deux existences l'une à l'autre, ce n'est pas l'espace qui dorénavant doit les séparer davantage.

Pauvre Camille et pauvre Yseult! Il n'y avait donc que des rapports extérieurs entre elles, un sentiment, doux comme tout ce qui est sur le point de n'être pas, engendré par l'habitude, par l'idée de la faiblesse de l'enfant qui constituait un devoir de protection dans l'esprit de madame de Scudemor, mais rien d'adhérent et d'étroit. Dernière négation de la destinée, qui avait tout refusé à cette femme, excepté le cœur qu'il lui fallait pour en souffrir.

Aussi comprendra-t-on plus aisément qu'elle dût se préoccuper exclusivement des rapports nouveaux qu'une souffrance, dont elle s'accusait, avait établis entre elle et Allan de Cynthry.

Camille n'avait jamais joui d'une liberté pareille. Jamais elle n'avait pu comme alors se livrer à ses mille fantaisies, perdre son temps avec une mollesse plus paresseuse, ce temps qui n'est gagné souvent que quand il est si bien perdu. Tous les jours, elle les passait à errer, sans but, dans le marais et dans les

campagnes adjacentes de l'autre côté du château; et quand le soleil qui la hâlait était
trop brûlant, elle s'asseyait contre le tronc de
quelque saule ou le revers de quelque fossé,
et elle attendait que la chaleur fût diminuée
pour reprendre sa nonchalante promenade.
Lorsque le soir venait, elle ne s'en allait pas.
Une voix qui devait être obéie ne lui disait
pas de rentrer parce que la rosée était trop
froide après une journée si chaude; on ne lui
jetait pas un tissu de laine sur les épaules
à l'heure où la fraîcheur peut être mortelle...
Brebis à qui Dieu mesurait le vent, oiseau qui
ne croyait ni à la Providence ni à ses ailes et
que l'air roulait sans qu'il résistât, enfant trop
abandonnée pour se confier; car la confiance,
c'est de la volonté abdiquée. Qui se confie
sait qu'il se confie, et elle ne le savait pas. Elle
s'ébattait sous le ciel sans se soucier du nuage
qui menace, de la nuit qui vient, du froid qui
se fait. Elle respirait à l'aise, en dehors de
son éducation d'enfant riche. Comme les
filles des pauvres riverains de ces marais, il ne
lui manquait que les pieds nuds.

Mais était-ce la cause à laquelle elle devait
une liberté inaccoutumée qui l'empêchait d'en

jouir avec dilatation? L'inquiétude, vague sans
doute, comme elle l'est toujours dans un enfant, avait-elle mis son point noir dans cet horizon limpide?... Cette feuille de sinistre pré-
sage, secouée de l'arbre de la Mort, était-elle
tombée sur le lac aux reflets de ciel et en
avait-elle fait fléchir l'onde dans un pli bientôt
effacé? Ou cette vie lui était-elle si nouvelle
et si douce, dans sa solitude et dans sa
liberté, qu'elle n'avait plus besoin d'en jouir
vite comme d'un bien qui fond aux mains dans
un clin d'œil, qu'elle ne s'y élançait plus comme
à une récréation qui va finir, mais qu'elle se
faisait lente à en savourer les délices et qu'elle
s'y consumait peu à peu?... Toujours est-il
qu'on ne la voyait plus bondissante comme naguères, avec cette énergie d'une vie profonde
qui se trahit à la surface, prendre de l'air dans
sa main avide comme dans sa bouche ouverte
par le désir quand elle manquait le papillon
effleuré, — et triste après, en regardant ses
doigts teints de la poudre d'or des ailes qui
venaient de lui échapper, comme si elle avait
l'intuition de ce mélancolique symbole de toutes
choses, qu'on ne touche que pour les flétrir!
Toujours est-il que les fleurs, cet aimant des

jeunes filles, qui ont comme des regards dans
leurs corolles et dans leurs parfums des ha-
leines, avaient beau, de loin, lui sourire sur
leurs tapis d'herbe ou du bord des eaux, elle
ne se hâtait plus pour les cueillir. Elle mollis-
sait, n'allait plus pour aller, — gracieuse toujours, non plus de la grâce vive et tournoyante
de l'alouette, mais de celle plus longue et plus
chaste du cygne, endormi sur une eau sans
courant. Et ainsi allant, toute lente et presque
rêveuse, elle était si languissante qu'on l'aurait
prise pour réfléchie...

Quand un habitant de ces parages, tirant
vers la Douve, traversait le marais et l'y ren-
contrait dans son errance isolée, il la saluait,
comme si elle n'avait pas été un enfant, en
l'appelant gravement : « Mademoiselle » ; tantôt grand et robuste jeune homme s'en allant à
la pêche avec ses filets sur l'épaule, tantôt vieux
batelier, le front chargé des fatigues de la veille
et des soucis du lendemain, — et c'était chose
touchante que de voir ces hommes rudes, ces
laborieux dompteurs d'une vie difficile, se dé-
couvrir respectueusement devant cette enfant
venue des villes et qui semblait d'une autre
nature qu'eux. Très souvent, Camille s'arrêtait

pour regarder, de ses yeux distraits, de petits
groupes d'enfants joyeux éparpillés ici et là
dans le marais, et qui troublaient, en y plongeant leurs jambes nues, l'eau des mares
chaudes de soleil. Ils étaient là tous, bruyants,
criants, avec leurs mouvements de vif argent et
leurs vêtements déchirés, offrant au regard leurs
magnifiques carnations normandes, faites avec
du pain bis, leurs joues rebondies et rayon-
nantes de l'écarlate sans crudité des feuilles
rougies par l'automne. Il était curieux de les
voir se taire tout à coup à l'approche de Camille et retourner leurs grosses têtes, où pelo-
tonnaient des boucles brunes ou blondes, et
suivre avec étonnement, de leurs yeux lumineux, cette petite fille arrêtée un instant à les
regarder, elle si pâle, si triste et si seule. Eh
quoi donc! ces enfants sentaient-ils obscuré-
ment, comme leurs pères, qui avaient passé par
là le matin même, qu'il pouvait y avoir en cette
petite une misère qui n'était pas la leur et en
présence de laquelle l'égoïste nature humaine
oubliait l'envie, pour ne se souvenir que du
respect?

XVI

N arrivait à la mi-Septembre. C'est le plus beau temps de l'année pour la Normandie. Elle n'a plus sa plantureuse verdure, mais ses chênes rougissent sous son ciel rougissant. Les aubépines ne fleurissent plus dans les sentiers où le vent les détache et les roule de la haie qu'elles blanchissent, comme une poussière odorante et épaisse à combler l'ornière qu'y laissa la charrette aux jours de l'hiver, mais la ronce disparaît sous les mûres noires qui la courbent. On ne voit plus l'or clair des colzas

ondoyer au loin dans les plaines, opposé au
violet pourpre et ras des trèfles en fleur, mais
partout la teinte brune des terres labourées.
Les pommiers droits ou penchés des enclos ont
perdu leur parure de draperies roses et blanches,
mais les pommes vermillonnées et drues qui
sont nos oranges et nos raisins, à nous, gens de
l'Ouest, brillent à travers leurs branchages et
tombent, au pied des troncs, de leurs têtes inclinées, comme d'une corne d'abondance. Les
sarrazins, ce pain noir du pauvre, qui fleurit si
blanc, les sarrazins ne sont pas encore coupés,
mais ils vont l'être dans quelques jours, et de
leurs gerbes, liées et relevées sur le sol à d'é-
gales distances, ils formeront comme un camp
de petites tentes carminées. Quand le soir vient
(les soirs nacarats de Normandie!), des nuages
superbes de couleur et de forme se jouent au-
dessus de ces campagnes d'un aspect si exubé-
rant, et, devant leurs déployements magiques,
on ne regrette pas la pureté sereine du plus
beau ciel de printemps. On n'entend plus les
chœurs joyeux des moissonneuses et des fau-
cheurs revenant des champs souper aux fermes,
mais les aboiements mélancoliques d'un chien,
que l'écho impatiente, sur les pas de quelque

chasseur attardé. Un pareil automne rachète
d'avance les neiges qui vont suivre, et, en le
voyant, un Italien comprendrait, sans doute,
qu'on pût voir Naples et ne pas mourir...

Midi sonnait, gai comme l'heure de se mettre
à table, au clocher de Sainte-Mère-Église, et à
ces sons doux et confus au sein d'un air humide de lumière, les vieilles femmes qui tra-
vaillaient à la porte cintrée de leurs maisons de
chaume dispersées sur la route qui va de Sainte-
Mère-Église à Montebourg, faisaient leurs signes
de croix et récitaient leur *Angelus*. Le soleil
était assez chaud encore pour qu'on recherchât
l'ombre et le frais.

C'était probablement à cause de cette chaleur de l'atmosphère, dilatée par un soleil alors
à sa plus grande hauteur, que deux personnes
à cheval (un homme et une femme) prirent un
cheminet ombreux qui serpentait entre deux
haies dépouillées, et qui conduisait à un tertre
d'où l'on apercevait la campagne, qui riait, par
là, entre ses bouquets d'arbres et ses pâturages.
Ces deux personnes semblaient avoir fait une
longue course; car leurs chevaux étaient trem-
pés de sueur : ils marchaient au pas, sous la
main abandonnée et les rênes flottantes de

leurs maîtres, jusqu'au tertre, où elles s'arrêtè-
rent. Le jeune homme descendit pour donner
la main à sa compagne, mais, aussi agile que
lui, d'un saut elle fut à terre, sans se servir de
l'appui qu'il s'était empressé de lui offrir.

— « Arrêtons-nous ici et attendons que la
chaleur soit passée pour retourner aux Saules,
— dit-elle, tandis que son compagnon atta-
chait les chevaux à un arbre de la haie, et elle
rejeta le voile qui lui couvrait le visage par-
dessus son chapeau d'homme.

— N'es-tu pas fatiguée, mon amie ? — demanda le jeune homme, avec le tremblement
de la crainte et le respect de l'adoration.

— Ce serait à moi à vous faire cette question, Allan ! — répondit-elle avec un sourire.
— Vous êtes un convalescent encore, et nous
avons peut-être trop couru pour vous ce matin.

— Oh ! ne crains rien, — fit-il, — mon
Yseult. La vie est à l'ancre dans ma poitrine.
Elle ne me quittera plus désormais. »

Elle le regarda de ses yeux tranquilles,
comme si elle eût regardé un insensé. A vrai
dire, son visage était bien pâle et sa taille bien
mince et bien brisée, pour parler ainsi de la vie.
Il avait l'air d'un spectre gracieux.

— « Asseyons-nous, Yseult, — dit-il. Et ils
s'assirent sur le revers du tertre, le soleil derrière eux, mais protégés par le tertre contre
ses rayons. — Que tu es belle ! » — lui faussa-
t-il d'une voix enivrée. C'était presque vrai.
L'automne paraissait aussi beau, quoique plus
avancé, dans cette femme que dans la nature.

Jamais le sculpté poignant de ces formes
qui semblaient avoir été moulées pour les luttes
éternelles de la volupté, ne s'était révélé d'une
manière plus émotionnante que dans cette
amazone de drap noir. La course et la chaleur
avaient un peu gonflé les veines de son visage,
et fait flamber, à la sommité des joues pâlies,
une flamme que depuis longtemps on n'y voyait
plus. Les lèvres s'entr'ouvraient et l'air frappait
aux dents humides, — à ces dents que la
femme, cette lionne de tendresse, a reçues
pour remplacer les lèvres, impuissantes aux
baisers. L'animation de cette figure était si
grande, qu'on oubliait les rides qui commençaient à la sillonner et qui auraient dû se
creuser davantage à ce jour cruel de midi, à
l'âpre lumière de ce ciel bleu.

Elle ôta son gant de chamois et elle se mit
à lisser sur ses tempes ses cheveux bruns, dont

les peines de la vie avaient blanchi prématuré-
ment quelques-uns.

— « O Allan ! — reprit-elle, après un silence,
pendant que l'amoureux jeune homme lui ceignait d'un bras la cambrure de la taille, — je
suis belle comme vous êtes heureux ! Demain
est là, qui nous menace l'un et l'autre. Il y a
au fond de cette beauté que vous aimez,
comme au fond du bonheur dont la jouissance vous est si présente, un germe de mort
que demain peut tout à coup développer ! »

Et comme pour lui donner raison à l'heure
même, l'éclat de la course et de la chaleur
qui l'illuminait s'évanouit. Sans doute, elle
sentit qu'elle redevenait pâle, que la femme
flétrie reparaissait ; — car elle se prit à sourire
tristement, d'un sourire que l'humidité savou-
reuse séchée déjà aux lèvres ne baignait plus,
et qui découvrait des dents belles encore, mais
entre lesquelles il y avait le petit point noir
imperceptible qui se cache dans les fleurs et
les fait mourir.

— « Que tu es cruelle, Yseult ! — dit Allan,
avec amertume. — Vous autres femmes, êtes-
vous toutes ainsi ? Empoisonnez-vous toujours
le fruit que vous donnez au malheureux qui

meurt de soif et qui vous bénit ? Pendant que
je m'enivre de toi assez pour oublier que tu ne
m'aimes pas, tu taris tout d'un accent funèbre ! Tu m'accables sous ta raison !

— Allan, — répondit-elle, — en répétant
souvent aux hommes qu'ils n'étaient que de la
poussière, on leur a parfois retourné le cœur
vers le ciel ! Si un rayon mourant de ma beauté
passée n'avait pas relui sur mon front, vous ne
m'auriez jamais aimée, vous, enfant et poète,
c'est-à-dire deux fois homme pour les amours
de chair ! Quand les vers de la vieillesse seront
à ce corps sans cœur que je traîne à ceux de
la tombe, votre amour n'existera plus. En vous
le répétant, savez-vous ce que je vous épar-
gne ?... L'effroi de demain.

— Ah ! tu penses toujours à l'avenir, toi !
C'est le mot éternel dont tu te sers pour me
gâter le moment actuel !

— C'est que je n'ai plus, mon ami, que le
vôtre devant moi. C'est que je n'ai pas les
yeux pleins de ces larmes qui empêchent de
voir et qui vous aveuglent.

— Eh bien, créature inexplicable mais puissante, — reprit Allan, — déchire-moi, au nom
de ta sagesse ! Je ne me plaindrai plus désor-

mais. Ne suis-je pas ton esclave ? Ne te don-
nerais-je pas le sang de mes veines s'il t'en
fallait pour laver tes pieds adorés ? N'as-tu pas
échangé ta beauté pour mon cœur, le contact
de ta bouche pour mon âme ? Quelque plein
d'amour et de jeunesse que ce cœur puisse
être, ta beauté ne le paye-t-elle pas ? Ah ! j'aurais vendu le ciel et la terre pour ton sourire,
et ce n'est pas seulement ton sourire que tu
m'as donné ! »

Et de ses lèvres fulminantes il pressait celles
qui ne résistaient jamais sous les siennes. Quels
ravages voulez-vous que fasse la foudre dans
les lieux où elle a tout dévasté ?...

— « Comme tu m'as trompé ! — disait-il, en
sentant que cette vie glacée et durcie ne se
fondait pas sous son souffle. — Ah ! Yseult,
comme tu m'as trompé ! Avant de te connaître
mieux, je m'imaginais que tu étais une femme
encore, et que ton âme, cette fleur éternelle,
se r'ouvrirait à un amour comme le mien. Je
me disais qu'il y avait de mystérieuses harmonies entre ce qui finit et ce qui commence,
entre la virginité d'un premier amour dans
un cœur pur, et le martyre des amours éteints
dans un cœur flétri. Tu me paraissais encore

plus touchante que belle, et ta beauté, qui va-
cillait sur ton front obscurci déjà, tourmentait
en moi le sentiment de l'infini et rendait mon
amour immense !

— Je le comprends, pauvre enfant, — dit-
elle avec rêverie et un regard doux comme
dans la jeunesse, — ceci aurait bien pu ne pas
être une illusion ! Oui ! vous auriez pu rencon-
trer une femme de l'âge même de votre mère,
et qui, pourtant, ne vous eût pas aimé de
l'amour qu'on a pour un fils. Allan, vous dites
vrai ! A menacer de mourir bientôt, l'amour et
la beauté gagnent-ils peut-être ce qu'ils ont de
plus enivrant et de plus beau. Peut-être Dieu
a-t-il voulu qu'il n'y eût qu'un amour digne
du premier amour, et que ce fût le dernier.
Dieu a mis peut-être en cet amour une initia-
tion à la vie comme la consolation d'avoir
vécu...

— Ah ! dis toujours ainsi ! dis toujours
ainsi ! — interrompit Allan avec âme et mollesse, en cachant son front sur l'épaule de
madame de Scudemor. — Dis-moi que je n'étais
pas un insensé... que tu pouvais m'aimer...
que c'était possible...

— Oui ! peut-être oui ! — reprenait-elle à

I.   26

son tour. — Mais il n'y avait pas que des années entre nous, Allan ! des années qui font
pleurer sur la beauté perdue, parce qu'on a
peur qu'*il* n'en aime une autre demain. Ah !
ces années enflamment encore davantage l'amour que l'on ressent, par l'inquiétude et la
jalousie, cette double conscience des bornes
de soi. Hélas ! est-ce ma faute, à moi, si cet
amour magnifique, puisqu'il résume le cœur
tout entier, la main du sort l'a arraché de mon
âme ? s'il m'est impossible, ce dernier soupir ?
Est-ce ma faute, à moi, si je ressemble au
Zahuri des superstitions espagnoles, qui voit,
dans les cimetières, le cadavre, sous le drap
funéraire de gazon et de fleurs qui le couvre ? »

Des larmes amères vinrent aux yeux d'Allan.

— « J'aime vos larmes ! — continua-t-elle,
dans un de ces moments où la femme réenvahissait tout. — Pauvre enfant, j'aime vos larmes !
La mort de mon âme est dignement pleurée par
vous, par vous dont la vôtre est entière. Des
larmes prises aux plus sereines sources du ciel,
comme un éther incorruptible, et scellées dans
le cristal de roche d'un cœur pur, sont plus
belles à couler sur tant de souillures ensevelies
que celles de Madeleine sur les pieds de Jésus.

C'était sur elle qu'elle pleurait encore. Mais
vous, enfant, vous êtes plus généreux ; car vous
ne pleurez que sur moi, et comme Jésus, qui
portait les Neuf Cieux du pardon pour cette
pauvre femme dans un regard satisfait, je n'ai
pas de paradis à vous offrir, ni même à vous
faire espérer.

— Si! tu en as un, mon Yseult! — répondit-il, avec l'éternel enfantillage des passions.
— Et si ce n'est pas celui de l'amour, c'est sa
ressemblance, sans hypocrisie ; c'est son appel-
lation délicieuse! Pourquoi me dis-tu toujours
vous, au lieu de *toi*, en me parlant? J'y ai pensé
bien souvent, puisque, maintenant... Ah! si tu
es reconnaissante de mes larmes, si tu les
trouves dignes d'être répandues sur ce cœur
que j'aurais voulu ranimer, dis-moi une seule
fois, ne fût-ce qu'une seule fois! dis-moi : « Mon
Allan, je te remercie! » car ne suis-je pas à
toi, Yseult? A toi jusqu'à ma dernière pensée?
Je rêverai l'amour dans son langage, et ce sera
comme si tu t'étais donnée une seconde fois. »

Cette fantaisie d'un cœur amoureux la tou-
cha, cette raisonnable femme.

— « Eh bien, oui! « Mon Allan, je *te* remercie! » — répéta-t-elle comme il le voulait, en

passant, avec une coquetterie maternelle, sa main de neige sur les cheveux moites de la chaleur du front qui brûlait.

Le malheureux jeune homme s'épanouissait sous ce mot et sous cette main, comme la tourterelle, l'aile ouverte, au soleil de Mai. Il en frissonnait... comme le faible oiseau.

— « Voyez-vous, Allan ! — reprit-elle, avec ce regard altéré que l'on a quand on cherche en soi quelque chose qu'on craint de retrouver au fond de son cœur, dans des rêves en débris et des souvenirs confus, — je peux vous dire « toi », puisque vous le voulez. Ce mot déshabitué à mes lèvres, je peux m'en servir comme si j'aimais, tant il est éteint ! tant il est vide ! Tiens donc, enfant, prends et respire cette écorce d'un fruit qu'ils ont dévoré, sans en laisser une goutte pour toi ! »

Et il y avait dans son expression un dédain doux, comme l'est celui de la raison quand elle cède aux exigences d'une sensibilité niaise ou aux désirs capricieux d'un malade. Allan perdit tout le bonheur qu'elle avait d'abord créé en le tutoyant. Ainsi, toujours elle était l'infanticide des joies qu'elle faisait naître dans le cœur de son jeune amant.

— « Écoute, Yseult ! — lui dit-il, après le silence d'une résolution, — je ne te demanderai
plus rien désormais. Les fleurs de tes dons sont
empoisonnées. Elles me font plus de mal que
de bien, et je n'en veux pas ! Mais, mon Dieu !
pourquoi t'ai-je aimée?... » — Et il la serra sur
son cœur avec délire en levant les yeux vers le
ciel, muet et inexpressif dans ses ténèbres
d'azur comme au jour de la Création, avant
qu'il y eût une douleur ou une ignorance qui
lui envoyât d'à genoux un « pourquoi? »

Jamais il ne l'avait aimée davantage... Elle ne
répondit pas plus à sa question désespérée que
ce qu'il avait appelé : « mon Dieu ! » avec ce
désir de savoir qui enfante la foi dans nos
âmes .   .   .   .

.   .   .   .

.   .   .   .

Ils parlèrent longtemps encore, mais il y eut
un moment où le soleil qui déclinait avertit
madame de Scudemor de retourner au château.
Ils en étaient loin. Qui sait, d'ailleurs, si toute
cette vie passionnée qui se mêlait avec tant
d'impétuosité à la sienne, ne la fatiguait pas un
peu?... Qui sait si sa résignation n'élevait pas
une plainte dans son âme, malgré le plaisir

que les femmes ont à être victimes? Qui sait
si elle ne retournait pas la tête avec regret vers
la solitude? Mais l'avait-elle jamais quittée,
cette solitude, à l'heure même qu'on pouvait
le croire davantage !...

Quand Allan lui amena son cheval, il ne lui
donna pas le temps de s'élancer en selle du
tertre où elle était, mais il la saisit et la souleva de terre comme si elle eût été une jeune
fille légère et fluette. — « Vous allez vous faire
mal, Allan ! » — cria-t-elle, épouvantée. Contre-
sens de toutes les femmes, quand on s'expose
au bonheur de se faire mal pour elles, parce
qu'on les aime à en vouloir mourir ! Convalescent, pâle et épuisé, il la tint un instant sur sa
poitrine, dont les vaisseaux craquèrent sous le
poids de cette robuste créature. Il éprouvait
ce regret fou de ne pouvoir être écrasé davantage par ces formes idolâtrées, qu'on n'iden-
tifie jamais à soi...

Lorsqu'elle fut à cheval, dans cette pose
presque coupable, tant elle trahit ce que la
femme a de plus enivrant dans les mouvements et dans les contours, il la regarda fris-
sonnant, béant, bouleversé. Un désir de
flamme lui courait de l'âme dans le corps.

Pauvre misérable! il imprima sur le brodequin couvert de poussière de madame de
Scudemor, un baiser à brûler une lèvre de
vingt ans. — Mais elle, qui connaissait les
frénésies qu'elle avait soulevées tant de fois
chez les hommes qui l'avaient aimée, mit son
cheval au galop et prit la direction du château.

XVII

PARMI les inexprimables besoins
dont languissent ici-bas les créa-
tures finies qui s'y agitent, il en
est un dans lequel, peut-être, tous
les autres se fondent engloutis. C'est un mystère comme toute la vie. C'est une mélancolie
comme tous les sentiments du cœur. C'est un
désir comme l'homme tout entier. Les êtres
les plus forts l'ont senti se glisser dans leur
force pour la faire craquer par moments, et
les êtres faibles, cette race nombreuse et
gémissante, le gardent éternellement au fond

de leur faiblesse encore plus découragée. — Il
apparaît dans tous et demande à tous. Aux
hommes de génie, quand ils sentent leur tête
trop pesante pour la porter seuls, et qui voudraient des genoux de femmes pour la soutenir, dignes coussins de cette couronne de
roi ; aux hommes de courage, qui souhaite-
raient pourtant que cette lèvre aride fût
rafraîchie, que ce front en sueur fût essuyé.
Ce n'est point l'amour ; ah ! ne le croyez pas !
Quoiqu'il ressemble à l'amour, il est plus pur,
et l'amour ne l'a pas toujours satisfait. Souvent
il le précède. Plus souvent encore il le suit.
C'est le besoin de l'intimité.

Non ! l'amour, qui produit l'intimité, ne la
vaut pas, et l'enfant est plus beau que la mère.
Elle n'a pas ce terrible et impétueux caractère
qui brise la vie, comme le bonheur de l'amour.
Miséricorde infinie, qui a mis au souffle d'une
bouche humaine la puissance de dissiper les
nuages qui s'élèvent de nos cœurs inquiets à
nos fronts. Fait bien simple, et dans lequel
respire toute l'intimité ; c'est : « Balaye-moi tout
« ce flot de noires pensées qui m'inondent, ô ma
« chère âme ! » — une main prise ; — pas même
une main prise, un regard ; — pas même un

I.   27

regard, mais se savoir là tous les deux... Et
le cœur jouit et se repose et c'est assez! assez
pour les aspirations éternelles de cette difficile
humanité.

Du moins, on aurait pu penser que si les
délires de l'amour d'Allan n'avaient pas été
partagés, la vie intime ne lui manquerait pas,
et que cette grande berceuse des âmes qui
les endort avec des riens délicieux, apporte-
rait quelque rafraîchissement à la sienne. Mais
il y a des destinées tellement arides, que le
brin d'herbe et la goutte d'eau manquent
également au sable dont elles sont faites.
Allan, désespéré par madame de Scudemor,
ne pouvait trouver de soulagement dans sa
liaison avec elle. Elle lui était trop supérieure
pour que la confiance de l'intimité pût s'éta-
blir entre eux. Quoi de plus redoutable que la
supériorité dans les affections? Aigle qui s'est
trompé d'aire, qui déchire les oiseaux transis
et réchauffés sous sa grande aile comme si
elle lui avait été donnée pour les abriter!

Il craignait, quand sa tête était froide et
qu'il se mettait à réfléchir, le mépris de madame de Scudemor. Profonde ignorance de la
nature des femmes, dans cet enfant! Quand

on souffre par elles, elles ne méprisent pas, si petit qu'on soit. La comtesse de Scudemor, le type de l'entraînement, de la passion, de la faiblesse de la femme tout entière, et qui, grâce à une organisation de choix et à une intelligence de premier ordre, avait, par la pensée, survécu à une vie de cœur qui emporte ordinairement tout dans les femmes quand elle est finie, n'en était-elle pas l'irrésistible preuve? Si la Bible, ce livre de toute vérité, n'avait pas dit que la femme devait écraser sous son pied la tête du serpent, on aurait pu croire que son cœur l'aurait empêchée d'appuyer.

D'une autre part, la crainte qu'elle lui imposait souvent par la façon brutale dont elle traitait les illusions de son cœur, le retenait, quand il était tenté de s'élancer à elle de toutes les forces qui étaient en lui. Elle le muraillait dans sa personnalité, et il n'échappait à cette captivité douloureuse que par les côtés les plus terrestres de l'amour. Les seuls moments dans lesquels cet amour rendait Allan moins malheureux, étaient ceux où les sens étouffaient l'imagination sous leurs voiles de chair. Chose qu'il faudrait avoir l'intrépi-

dité de dire : les motifs de la comtesse de
Scudemor écartés, que devait-elle être pour
Allan?... Et ces motifs élevés les séparaient
plus complètement encore que l'inerte abandon qu'elle faisait d'elle-même.

Aussi, les paroxismes passés, Allan tombait
dans un abattement affreux ou dans des colè-
res inutiles contre le sort, qui finissent par le
mépris de soi. Que deviendra-t-il donc, quand
les premiers instants de la possession désirée
et ses ivresses, pour lui si nouvelles, auront
disparu?

Cette courageuse et extraordinaire madame
de Scudemor ne se démentait pas. On ne pouvait lui reprocher ni une pusillanimité ni une
inconséquence, c'est-à-dire une pusillanimité
encore. Elle jugeait la passion d'Allan vis-à-vis
d'elle. Elle savait qu'il devait souffrir, mais elle
espérait que cette souffrance ne durerait pas
assez pour mener cette vie qui commençait au
marasme. Elle aurait pu, comme bien des
hypocrites, grimacer assez d'amour pour abuser Allan, mais elle aurait craint de retarder
le déclin de son sentiment pour elle.

Ce sentiment, comme on l'a dit, avait
absorbé chez madame de Scudemor toutes les

sollicitudes maternelles. Camille, abandonnée
à elle seule, avait ainsi vécu quelques jours.
Depuis le *soir du grand salon*, la comtesse avait
écarté sa fille davantage. Toujours, si Camille
était là, elle trouvait un prétexte pour l'éloigner. Prudence nécessaire, mais tâche difficile.
Les précautions que prenait madame de Scudemor n'étaient-elles pas plutôt de nature à
faire soupçonner à Camille ce qu'il importait
tant de lui cacher? Je sais bien qu'elle avait
sur ses grands beaux yeux ce bandeau blanc
de l'innocence, aussi épais que le bandeau
aux mille arcs-en-ciel de l'amour! Mais, d'un
jour à l'autre, la pénétration pouvait s'éveiller.
Il ne faut qu'un mot pour dérouler tout un
poème dans une imagination soudainement
embrâsée, un regard qui fait curieusement
réfléchir, un rien pour troubler ce formidable
et à jamais ignoré quelque chose qui s'appelle
« l'âme », dans les langues humaines. Cette
idée tourmentait madame de Scudemor. Le
peu d'abandon qu'elle avait dans ses rapports
avec sa fille disparut. Rien n'était changé au
fond, et pourtant tout était changé. C'était
triste, mais était-ce cruel, pour ces deux êtres
entre qui Dieu n'avait pas mis cette tendresse

qui n'est si grande, chez les mères, que parce
qu'elle est l'adoration d'un passé consacré à
tous les titres, par la peine ou par le bonheur?

Elle en parlait souvent à Allan.

— « Voyez-vous! — lui disait-elle un soir, à la
place même où elle s'était donnée, sur ce divan
que, dix fois par jour, troublé à des profondeurs
insensées et défaillant sous la brûlante lour-
deur des souvenirs, Allan allait furtivement
couvrir de baisers aux endroits où les coussins,
tièdes encore, avaient plié sous des pressions
bien connues, — j'ai peur que ma fille ne
s'aperçoive de ce qui se passe en vous, mon
ami. Je tremble, parfois, que le mystère que
nous savons seuls ne soit trahi par une de ces
habitudes plus familières échappées à l'entraînement du cœur, par un de ces mots irrévo-
cables qui constatent ce que des regards passionnés ont déjà appris. Mon pauvre Allan!
cachez mieux votre déplorable amour. Ayez
quelque force sur vous-même! Ayez du respect
pour cette enfance tranquille et dont je voudrais prolonger le calme longtemps, trop sûre
que cette fillette n'échappera pas, car elle a
de mon sang dans les veines, aux passions qui
ravagèrent le cœur de sa mère! »

C'était le devoir qui priait. Allan promit de
tout cacher devant Camille. Cette promesse lui
rappelait combien son amour devait rencon-
trer d'obstacles, et il se prenait d'un sentiment
toujours plus âpre contre Camille, l'obstacle
vivant et sacré.

Hélas! il y avait un moyen d'anéantir les
douleurs d'une vie intime faussée et empêchée;
il y avait un moyen de sortir de cette dissimulation étouffante devant les autres et de se
reposer de son amour comme en Dieu, un
moyen hardi, la seule crânerie que le bonheur
suprême ait quelquefois couronnée... Oh!
bien souvent, depuis qu'il aimait, la pensée
d'Allan était allée se briser aux côtes riantes
de cet Archipel, dans la mer agitée de ses
rêves. Bien souvent, elle s'était arrêtée à la
porte de ce foyer domestique à laquelle, mendiante fière et tremblante, elle n'avait pas osé
frapper. Et ce moyen, ce refuge, dont le nom lui
brûlait les lèvres, il n'en prononça pas même
le nom. Ah! de toutes les peines honteuses
qui lui rappelaient les misères de sa destinée,
c'était celle-là qui devait le déchirer davantage.

Le cœur lui saignait dans le silence en pen-

sant à cela. Il était tard. On voyait à peine
son visage. Au bas du jardin, d'où le regard
s'étendait de la fenêtre jusque sur les marais,
la lune incertaine rondissait à l'horizon vapo-
reux et s'élevait comme à regret de la terre,
qui la repoussait doucement vers le ciel obscur.
Elle faisait miroiter les mille mares éparpillées
de ce marais, de toutes parts argenté par la
pâle lumière de son disque. C'était un samedi.
La Douve était trop loin pour qu'on l'aperçût
dans ses ondulations assouplies comme un boa
d'hermine entortillé aux épaules d'une femme
qui repose, mais on entendait le bruit des
rames de quelque barque qui s'en allait.

— « Cette vie à trois — reprit gravement
madame de Scudemor, en poursuivant ses
idées, — ne peut pas rester ce qu'elle est.
Tôt ou tard, Camille découvrirait tout. Voilà
ce qu'à tout prix il faut empêcher. J'ai pensé
que voyager serait bon et commode. Un intérêt toujours nouveau s'emparerait de la curiosité de ma fille, et l'occuperait de manière à
n'en pas faire un danger pour elle. D'un autre
côté, en voyage, il y a tant d'imprévu, qu'on
peut arranger la vie comme on veut sans que
personne y trouve rien d'étrange. Enfin, pour

vous-même, Allan, qui mourez sous une idée
fixe dans ce tous-les-jours uniforme, voyager
serait encore un bien. Voulez-vous que, l'hiver
qui vient, nous partions tous les trois pour
l'Italie?...

— Qu'est-ce que cela me fait? — répondit-il
avec fatigue. — Je me soucie de l'Italie
comme de tous les pays du monde! Traînez-
moi partout où vous voudrez, Yseult! Partout,
y aura-t-il autre chose que vous pour moi? »
ajouta-t-il, avec une langueur passionnée et
d'un timbre de voix à faire mourir toutes les
femmes de mélancolie.

Elle demeura sans répondre. L'accent d'Allan lui avait-il causé quelque émotion? Comprenait-elle de quoi il souffrait? Ou réfléchis-
sait-elle sur le néant de ce qu'elle pouvait pour
lui, à qui elle avait donné tout ce qui lui était
resté!...

XVIII

Es Saules, habituellement si pleins
de monde, présentaient un aspect
inaccoutumé, en cet automne de
1845, habités seulement par ces
trois personnes : madame de Scudemor, sa fille
et Allan de Cynthry, ce jeune homme qu'elle
y amenait tous les ans et qu'on aurait pu si
aisément prendre pour son fils. Ils n'étaient plus
que trois dans ces grands appartements vides,
trois à se promener dans les vastes allées du
jardin muet. La grille, du côté opposé au
marais, ne s'ouvrait plus guères qu'une fois le

jour, pour laisser passer la calèche de madame
de Scudemor, qui allait promener sur les
routes avoisinantes, une heure ou deux, le soir,
au grand intérêt des jeunes filles qui revenaient
alors de journée et qui regardaient passer ces
trois personnes belles et pâles, à demi cou-
chées dans la gracieuse gondole de la calèche
balancée sur ses roues étincelantes, à ces
rayons soyeux d'un soir si doux d'Octobre, en
Normandie, que la femme la plus délicatement belle peut les recevoir en plein visage,
son voile levé.

Parfois Camille restait au château. Ces jours-
là, Allan les bénissait; il pouvait parler à
madame de Scudemor de son amour. Car,
ainsi qu'on l'a vu, l'intimité entre elle et lui ne
pouvait pas exister. L'intimité est chose mystérieuse et retirée; on sent délicieusement
qu'elle existe, mais, au dehors, rien ne la
manifeste qu'imparfaitement. C'est comme le
souffle de l'esprit dans la nature. Cette expan-
sion secrète de deux âmes, silencieuse, invisible, ils ne l'avaient pas! Mais, à défaut de
cette intimité indescriptible dont Allan sentait
l'absence avec amertume, il s'efforçait d'en
créer une autre plus grossière, mais impuis-

sante et fatale aussi. C'était la connaissance
entière, complète, de la femme qu'il aimait,
l'entente profonde de son âme. Voir ce qu'il y
a dans l'Idole, percer ces résistantes ténèbres,
dissiper ces restes d'obscurité, — mouvement
qui nous emporte tous, intelligence qui se
relève d'à genoux, où la passion l'avait mise,
curiosité insatiable et qui passe toujours outre,
entraînant l'amour avec elle, quand tous les
mystères seront épuisés.

Allan ne savait pas ce qu'il faisait. Il obéis-
sait aux lois d'un sentiment qui veut connaître,
parce que connaître, c'est encore posséder !
Mais madame de Scudemor le savait pour lui ;
aussi lui livrait-elle toute sa pensée, comme
elle lui avait livré sa vie. Elle dont le *je* tenait
si peu de place dans le monde et dont le langage qu'elle y parlait n'était qu'un lieu commun
élégant et effacé, magnifique abstraction, achetée à force de souffrances, impossible à toute
autre femme qu'une femme comme elle, elle
redevenait personnelle avec son amant, non
dans les intérêts de son amour, mais pour en
hâter la fin davantage. Elle répondait à toutes
les questions d'Allan, s'analysait avec lui minu-
tieusement jusque dans les derniers replis de

son âme parce que c'était se donner encore,
parce que se donner beaucoup, se donner
toujours, c'est provoquer le vaste ennui qui
clôt les passions et qui les achève!

C'est ainsi qu'entraînés par des chevaux
rapides, comme des sybarites, ces enfants
gâtés de la civilisation, ces *heureux*, ces *riches*,
comme on disait autour d'eux, se promenaient
dans leurs nonchalants loisirs, au sein d'une
des plus belles campagnes du monde. Peut-
être, en passant, semaient-ils le murmure dans
l'homme de peine courbé dès le matin sur le
sillon, quoique la vie avortât aussi pour eux à
être douce et pleine d'aises, quoiqu'ils eussent
tous deux sur le front de ces choses qui proclamaient l'égalité devant la douleur et justifiaient
la Providence. — Yseult, malgré la beauté qui
s'exhalait d'elle à ces mélodieuses lueurs du
soir dont les rayons la doraient comme une
poétique ruine où le lierre attache ses bandeaux de verdure, était plus vieille et plus
courbée en réalité que la mendiante assise au
tas de cailloux dans le chemin, et Allan, le
beau fils aux formes indécises, encore plus
flétri que les mères du village dont les enfants
avaient son âge. Tous deux souffraient d'un

mal inconnu. Leur contenance était tranquille,
leurs attitudes indolentes et abandonnées, —
mais comme la pauvre femme qui sarclait la
terre avec ses ongles, comme l'homme qui faisait boire sa sueur au sillon, ils avaient une
tâche à remplir aussi, quelque rude travail
qui brise et épuise, une éternelle journée sous
l'œil de Dieu. Ils parlaient, et si ces roues
éclatantes n'avaient pas fait de bruit en tour-
noyant, on aurait pu entendre leurs paroles.
Paroles éloquentes et harmonieuses, mais inin-
telligibles à ces simples gens de la campagne, comme les étonnants reflets de ces
deux fronts que le soleil et le travail cor-
porel n'avaient pas ternis. Il s'y retrouvait
quelque chose de si humain, de si familier à
tous ceux d'ici-bas, que sans comprendre
cette douleur ils l'auraient pourtant soupçonnée, et l'Humanité qui se serait reconnue aurait étouffé son *Raca*.

— « Yseult, — lui disait Allan dans ces promenades, — vous m'avez bien raconté votre
vie, mais vous ne m'avez pas dit ce qui a suivi
votre dernier amour. Vous dont la force avait
d'abord été si grande, tombâtes-vous d'un seul
trait dans l'abîme où vous voilà descendue?

Lorsque cet amour vous eut trahie, est-ce que
vous n'avez pas lutté encore? N'y eut-il rien,
dans cette vie dépouillée, à quoi vous pûtes
vous reprendre? Je ne sais que l'amour, je ne
sais que toi, mon Yseult! mais ils disent que
l'amour trahi a encore de nobles refuges, —
l'amour maternel et l'amitié aux plus faibles,
aux plus fortes natures la pensée, et Dieu pour
tous. Pour vous et pour nous aussi!...

— Dieu! — répondait l'athée misérable, la
grande Morte à Dieu comme à la vie, en bais-
sant ses yeux de marbre comme si elle avait
voulu se soustraire à cette grande idée de
Dieu, écrite dans les horizons infinis où le
soleil lentement mourait. — Dieu! c'est une
parole haute et grave. Je l'ai souvent aux
lèvres, comme s'il y avait dans cette parole une
consolation secrète, et je ne sais pas si elle
cache autre chose que de la lâcheté ou de l'ignorance. Cette idée de Dieu resta toujours pour
moi vague et flottante. Elle n'endormit pas une
seule de mes douleurs. A force d'asservisse-
ment à des pratiques bonnes quand le cœur
s'y intéresse, mauvaises quand il est occupé
ailleurs, ne m'avait-on pas, dès mon enfance,
fait prendre la religion en dégoût? Ne voyant

qu'un but à la vie, — le bonheur dans
l'amour, — j'avais aimé avec furie, et dans
les prodigalités de mon âme j'avais épuisé
tous mes parfums sur des pieds mortels. Je
n'avais point de cendres d'affections consumées
à donner à ce Dieu mendiant qui se contente
de haillons d'amour ! s'il est vrai toutefois qu'il
les mendie. Le sentiment religieux n'est que
le besoin d'un appui, cette éternelle faiblesse
qui tient l'homme si cruellement en servage
et à laquelle nous avons donné tant de noms
pour n'en pas rougir. Cette faiblesse, j'en
avais eu ma part ; j'en avais été la victime. Elle
était si grande en moi, Allan, que je glissai à
terre, et n'allongeai pas machinalement mes
bras lassés pour saisir ce roseau qui toujours
échappe ! Quand j'avais été le plus malheureuse, quand les passions m'avaient le plus
blessée, j'avais voulu roidir ma poitrine à l'en-
contre des coups. J'avais pensé à faire de la
force... Souvent, une larme, que le cœur n'avait
pu ravaler, sillonnait de sa trace brûlante le
masque de bronze que je m'étais mis, et j'aurais donné ma beauté pour que cette larme
n'eût pas coulé, même dans la solitude où je
la cachais. Je me serais coupé les boucles

ondoyantes de ma chevelure pour étancher
tout ce sang qui dégorgeait de mes blessures.
Je m'appuyais sur mon orgueil, et je regardais
sur le mur comme cette attitude m'allait bien!
A cette heure, j'aurais pu, sans nul doute,
m'appuyer sur cette idée de Dieu comme je
m'appuyais sur l'orgueil. Mais depuis, l'une et
l'autre devinrent inutiles. La nature humaine
criait quartier et le destin fut implacable. De
tout cet altier stoïcisme, il ne resta pas un
lambeau à la femme pour cacher la nudité de
son orgueil humilié. Le mépris de moi-même
me saisit, mépris superbe et d'un rire farouche,
qui mourut à mes lèvres comme une dernière
réclamation des fiertés vaincues... Je ne
demandai plus rien à mon âme, à la vie. Dieu,
n'est-ce pas la vie acceptée ou maudite ? N'est-
ce pas une idée de notre âme ?... Je n'avais
pas besoin de Dieu, et je n'y pensai même
pas.

— Et l'amitié ? — dit Allan.

— L'amitié ! — reprenait madame de Scudemor. —Je l'avais toujours méprisée, quand
mon cœur possédait plus qu'elle. Depuis, je
la méprisai encore davantage. Sentiment bâtard
et égoïste, c'est le plus souvent l'accouplement

de deux vanités qui se donnent le bras tour à
tour. C'est un arrangement pour la vie. Grand
hasard, quand de misérables dissentiments, ou
des opinions puériles, ou des intérêts bien
grossiers, ne déchirent pas l'emphytéose!
L'amour est égoïste aussi, je le sais. Mais, du
moins, il transpose son *moi* dans un autre *moi!*
il le déplace. L'amitié garde le sien tout
entier, et ne le déplace qu'en cessant d'être.
Sans doute, on meurt pour son ami, on souffre
pour son ami ; mais pour qui ne peut-on pas
mourir, et que prouve une souffrance isolée?
Mais accepter tous les défauts du caractère,
toutes les aberrations de l'esprit; aimer malgré
les supplices de la vanité, malgré les mépris
de l'intelligence; aimer malgré l'ennui de tous
les jours, voilà ce que l'amitié ne fait pas!
Quelle supériorité ne gâte pas ces relations
combinées pour le pur bien-être? Supériorité
d'esprit, de beauté, de santé, de richesse, et
jusque de services rendus, toutes lui sont
funestes ou mortelles. Ne dit-on pas qu'il
faut, pour que l'amitié puisse exister, qu'il y
ait entre les esprits et les caractères certains
angles rentrants et sortants qui se tiennent et
s'agencent ensemble? Qu'est-ce à dire! sinon

que l'amitié n'a pas d'existence qui lui soit
propre? Elle en a si peu, qu'elle prend à
l'amour les mots qui l'expriment, et, comme
si elle avait honte de l'imposture, elle ne parle
jamais en son nom. Deux amis se serrent la
main quand ils se rencontrent et écrivent « A
toi » au bas de leurs lettres, mais que se
disent-ils pendant toute leur vie? Ils s'entre-
tiennent de leurs intérêts mutuels, et jamais
de leur sentiment; ce sont des confidences
qui se croisent, quand elles n'empiètent pas
les unes sur les autres. Mais tout beau sentiment est exclusif, et quelle âme fut jamais
assez petite ou assez grande pour vivre seulement d'amitié?

« Lorsque j'avais été heureuse, je ne me sou-
lageais pas de mon bonheur en l'épanchant
dans le sein d'une amie. Je le contenais bien
dans mon cœur. Il était assez vaste pour cela.
Lorsque le malheur m'atteignit, je ne jetai mes
larmes à la tête de personne. L'égoïsme qui
veut intéresser par ses souffrances et qui jouit
de l'intérêt qu'il inspire, je ne l'avais plus.
Qu'aurais-je trouvé autour de moi? De la curiosité qui interroge en mettant l'ongle dans la
blessure, ou la plainte qui n'est qu'une flat-

terie et l'ennui qui passe à travers. D'ailleurs,
je vous l'ai dit, Allan, j'aurais vu la consolation
dans l'amitié, que j'avais perdu l'instinct des
appuis.

« Quant à l'affection maternelle, mon dernier
amour l'avait emportée après l'avoir flétrie. Je
n'ai jamais beaucoup aimé Camille. Si vous
avez souffert de quelques caresses faites à cette
enfant, vous savez maintenant pourquoi je les
fis, ces caresses que le cœur ne réchauffait
plus. Lorsque j'aurais pu aimer Camille, je
n'aimais qu'Octave, et cette enfant, qui venait
perpétuellement se poser entre nous deux,
m'avait infligé de trop grands supplices!... Si
je vous ai dit qu'un jour l'idée de Camille
m'avait empêchée de me tuer, c'était même
peut-être parce que je ne l'aimais pas. On se
reproche de ne pas aimer et l'on devient
généreuse... Mais cette générosité ne dura pas
plus en moi que cette idée du suicide qui suppose la force du lâche, la force de fuir, la force
d'échapper! J'en étais arrivée à la torpeur de
la faiblesse. Par faiblesse, j'agis comme les
plus mâles courages. L'abattement me tint lieu
de résistance et je me supportai vivre, parce
que, dans l'écroulement universel des facultés

de mon âme, il m'était aussi indifférent de
vivre que de mourir.

— Oh! malheureuse! malheureuse! —
disait Allan épouvanté. — Et vous, ne vous
êtes-vous jamais sentie un seul instant moins
infortunée? Jamais, à quelque moment vers
le soir, en présence de cette belle et calme
nature, la main sur l'épaule de votre fille,
vous n'avez relevé les yeux du sentier pour
regarder le ciel, dont la sérénité fortifie? Jamais,
en voyant l'horizon purifié des nuages de la
soirée, vous ne vous êtes répété, comme un
vieux refrain d'espérance : « Allons! il fera
beau demain. »

— Non! Allan, non! — répondait Yseult.
— Le malheur et l'amour m'ont voilé la Nature.
Le droit d'asile dans ce vaste temple n'existait
plus pour moi. On s'habite soi-même avant
d'habiter la nature. Ce *moi* fatal vient toujours
vous arracher aux contemplations les plus
douces, et la mort seule éteint cette personnalité acharnée et la fond au sein de toutes
choses. Mais, avant la mort, la Nature est
impuissante, et les poètes n'ont souffert qu'à
moitié. Oh! Allan, quand on a vu le visage
humain — la plus grande merveille de ce

monde et aussi la plus adorée ! — s'altérer par
degrés jusque dans votre souffle qui voudrait
l'éterniser, le tendre regard qui exprimait
l'amour s'hébéter tout à coup d'indifférence,
la Nature désormais est muette, et comme
OEdipe, dans le poète grec, on peut s'arracher
les yeux avec les agrafes de son manteau.
Qu'importe que les étoiles rayonnent là-haut
ou s'y flétrissent, puisque les seuls astres auxquels on croyait sont perdus !

« Voilà pourquoi, Allan, je ne me suis pas
retirée du monde. J'ai achevé de vivre à la
place où j'avais vécu et je n'ai pas fui,
parce que partout je me serais emportée avec
moi. J'étais trop malheureuse pour rien affec-
ter, et je pris ma part de cette vie oisive et
insignifiante de salon qui ne me pesait pas
plus qu'autre chose, puisque j'étais absolument
désintéressée de tout. Croyez-moi, Allan, on
se fait très vite à tous ces détails extérieurs de
l'existence, qui sont d'une gêne insupportable
quand on est jeune et passionné ! Je les
acceptai sans répugnance, parce que je n'avais
rien de mieux à leur préférer. Une visite à
rendre, une soirée à passer chez les autres ne
me coûtaient pas, et j'allais. Je ne m'enfermai

pas tête-à-tête avec ma douleur, parce que je
n'en avais pas le culte. Je ne pensais pas non
plus à m'en distraire, parce que je ne pouvais
pas être une autre que moi. Il y a des gens
qui se souillent les cheveux de cendre et portent le deuil de leur bonheur. Ils peuvent être
vrais, et je ne les condamne ni ne les accuse.
Il y en a d'autres, au contraire, qui blanchissent les dehors du sépulcre, et ils peuvent
être vrais encore. — J'avais été de ces derniers.
Mais si je détachai plus tard ma couronne
de dédains du front pour lequel elle n'avait
été qu'une visière de casque faussée, j'y
laissai par indifférence les frivoles ornements
de la femme.

« Ce que le monde était pour moi, les livres
aussi me le furent. J'étais née avec des
facultés assez puissantes, mais on ne m'avait
appris que le catéchisme dans mon enfance,
et quand je quittai le couvent, j'étais déjà
trop passionnée pour cultiver mon esprit. Si,
une fois malheureuse, je me jetai aux livres,
qui ne me furent pas une ressource, ce fut
pour me sortir de dessous le poids de mes premiers souvenirs... Les livres furent bientôt
repoussés. Depuis, les souffrances me forcè-

rent à penser, mais ce que je sais, mon pauvre
Allan ! la douleur seule me l'a appris. Hélas !
en ceci, mon histoire est celle de toutes les
femmes, ces sauvages de la civilisation, qui
n'ont pour toute éducation vraie que celle des
besoins et de la douleur. Ces livres qui n'a-
vaient pas trouvé place dans les folles agitations de ma jeunesse, je voulus les r'ouvrir
aux jours de l'abandon, mais je les parcou-
rus d'un œil détaché. Quelque génie qu'ils
attestassent, je ne m'en émeuvais pas, et je ne
les jugeais que comme une preuve de force
d'esprit, une difficulté vaincue. Je n'avais pas
les grandes sympathies de la pensée. Ces
hommes de génie qu'on admire, que pou-
vaient-ils me dire, Allan? Peignaient-ils le
bonheur? J'avais le bonheur de ma vie qui
faisait ombre sur leurs tableaux. Était-ce la
peine qu'ils s'efforçaient de retracer? Cette
peine, je la convoitais avec amertume, comme
un bien hors de ma portée; car elle était
plus belle et plus poétique que la mienne.
Vous voyez, Allan, que j'en savais plus long
qu'eux ! »

Elle eût parlé ainsi bien du temps avant
qu'Allan eût songé à l'interrompre.. Et souvent

la voiture s'arrêtait devant le château, qu'il regrettait cette promenade trop tôt finie, où, assise devant lui, elle racontait chaque détail de son âme et le faisait saillir à ses regards. Alors, il lui prenait au cœur un tel respect pour le malheur de cette femme, que la passion qui devait le ressaisir deux heures après, lui semblait incompréhensible... Elle avait, en se révélant tout entière à son jeune amant, la simplicité forte d'une âme sincère. Ses mélancoliques paroles n'étaient pas prononcées avec mélancolie. Si elle posait sa joue sur sa main, gantée de ce blanc lisse et glacé qui faisait ressortir la nuance de citron mûr de cette joue d'un si gracieux ovale encore, c'était distraction ou négligence, mais cette tête ne fléchissait pas. Le jour qui n'est plus qu'une soirée et que tout pleure sous le ciel, glissait sur elle sans vague tristesse. Le soleil couchant, puissance vaincue comme la douleur qui avait déteint sur son âme, jaunissait de son or ces prunelles qui le réverbéraient sans sourciller, mais n'y laissait pas d'autre trace. Contre l'air brumeux des marais qui s'élevait, elle avait entortillé son cou et ses épaules de cette fourrure qu'on appelait alors un boa, et ce

I.   3 o

boa de martre, replié autour d'elle, ressemblait au serpent rassasié de la vie, qui s'était
endormi autour de sa victime sans avoir pu
s'en détacher...

XIX

ETTE promenade du soir était le seul signe qu'on eût dans le pays de la présence des maîtres aux Saules, si différents alors de ce qu'ils étaient tous les ans. La tristesse des trois personnes qui les habitaient en rendait la solitude encore plus austère. Allan devenait chaque jour plus sombre, plus amer, plus dur, plus emporté quand il n'était pas seul avec madame de Scudemor, pour qui sa passion s'irritait par la force des ressentiments, par la compression des tourments cachés, par

le manque d'air d'une intimité avortant sans
cesse. Car, cette femme, il ne la prenait qu'aux
flancs, qui ne palpitaient pas plus que tout le
reste, mais qui, du moins, ne cherchaient pas
à lui échapper !

Et il y avait sur le front hâlé de Camille
comme une ombre des soucis d'Allan. Les
brusqueries répétées de l'égoïste jeune homme
l'avaient rendue aussi timide qu'elle était fougueuse avec lui, aussi contenue qu'elle était
naïve. Violente, frémissante au plus haut
degré, d'une vie si gonflée de souffles élyséens
et de vagues fraîches et entraînantes qui cherchaient à se creuser un lit partout, elle s'élançait, par bonds de journées, par bonds de sensations, à l'adolescence. Il y avait — phénomène
étrange d'énergie ! — comme un avenir chargé
dans cette organisation de petite fille longtemps si intensément joyeuse, et qui faisait se
demander avec inquiétude ce que deviendrait
cette petite, le jour qu'elle ne rirait plus ainsi.

Or, ce jour semblait arrivé. Le rire avait
peu à peu quitté ses lèvres hardiment arrondies. Par l'éducation que madame de Scudemor
disait la seule que reçussent les femmes, par
l'éducation de l'injustice et de la souffrance,

Allan avait forcé cette nature féconde et abondante à ne plus jaillir impétueuse, et la fierté, aux éloquentes impostures, était devenue la ressource de la pauvre enfant. Quand sa mère parlait de ses bouderies, sa mère la calomniait. Ce n'était pas cette muable et vaniteuse chose qui renfermait le secret de la conduite toute nouvelle de Camille vis-à-vis d'Allan. Madame de Scudemor savait bien que les manières d'Allan auraient dû choquer une susceptibilité moins vive que celle de sa fille, mais elle n'avait pas épié le sentiment sororal qu'avait développé dans Camille l'habitude de vivre avec Allan; Allan caressant, occupé d'elle, d'une tendresse plus grande que celle de sa mère, dont les mains étaient toujours si froides à baiser! Madame de Scudemor ne pouvait donc savoir quelle déception avait frappé au cœur l'enfant abandonnée, à propos d'un changement auquel son ignorance ne comprenait rien.

D'un autre côté, en présence de sa mère, dont l'œil avait parfois une dévisageante fixité, Camille était beaucoup plus réservée que triste. Pas de rêverie comme, seule aux champs, pendant la maladie d'Allan, mais un sérieux

doux et des regards pleins de lenteur. Elle se
reculait en elle-même sous les yeux de madame
de Scudemor, qui n'avaient pas l'expression
réchauffante de ceux des mères. Mouvement
involontaire, du reste, que les manières déta-
chées et d'une bonté toute physique de
madame de Scudemor suffisaient pour expliquer, et aussi l'absence de cette affection
d'une fille pour sa mère, paisible, forte et
abreuvante, que Camille ne connaissait pas
et qui n'est pas toujours le partage de ceux qui
en apprécieraient le plus la douceur céleste.
— Parmi les déshérités de ce monde, les plus
malheureux sont les déshérités de leurs mères,
pauvres orphelins du cœur, sacrés aux orphelins eux-mêmes, entre tous. Le sentiment fra-
ternel d'Allan pour Camille avait remplacé
pour elle tout ce qui lui manquait d'ailleurs.
Quand ce sentiment se retira d'elle, était-il
étonnant qu'elle le regrettât?...

Seulement, elle ne laissait plus échapper de
plaintes enfantines comme celles qu'elle avait
répandues contre Allan, dans les commence-
ments du changement qui la désolait. Elle
avait tout englouti dans son sein. Abîme noir
comme un cratère, que la profondeur qu'il y

avait déjà dans cette frêle poitrine de rossignol, qu'une piqûre d'épine d'églantine eût
traversée de part en part.

Et le plus grand mal de la passion d'Allan
était peut-être ce froissement perpétuel d'un
sentiment pur et profond dans une âme
aimante. C'était cette douleur imposée à
l'innocence qui n'avait rien fait pour souffrir. Oh! la passion! la passion! Ne croyez ni
à ses dévouements, ni à ses larmes! Étouffez-la,
si vous ne voulez être cruel! Voyez! ce jeune
homme était bon, et il avait aimé Camille. A
la tête de cette enfant se rattachaient tous ses
souvenirs, couronne d'années, couronne de
perles qui jetaient d'adorables resplendisse-
ments dans ses cheveux, éplorés maintenant
comme les jours éteints de sa suave enfance.
Eh bien, depuis que madame de Scudemor
avait cessé d'être une mère aussi pour Allan
comme elle l'était pour Camille, le jeune
homme devenait pour sa sœur adoptive féroce
comme un vautour blessé.

Cependant, la jalousie qu'une simple caresse
avait excitée s'était perdue dans une plus
grande, qui ne se ruait pas contre une enfant,
symbole détesté d'une affection pour un autre,

vision atroce d'une vie qui s'est changée en une
autre vie, pour vous poursuivre d'une ressemblance et d'un nom! Maintenant, c'était le passe
tout entier de cette femme si fatalement aimée
qu'Allan avait à haïr et à craindre; toute cette
longue et pleine jeunesse dont il savait l'histoire, cette histoire clouée dans sa conscience
après avoir passé à travers la moelle de ses
os! Chaque jour qui userait les ivresses de la
possession exalterait cette sombre jalousie. Ce
ne serait qu'une pensée, mais intolérable. En
effet, il n'y a pas (elle le lui avait dit!) de poi-
gnards contre le passé, et l'on ne peut
espionner un souvenir. Mais Allan ne pouvait
pas comprendre que cette grande infortunée
d'Yseult eût si profondément séparé sa vie
passée de sa vie actuelle de toute la longueur
de son mépris; qu'elle tînt si bas les hommes
qu'elle avait adorés et qu'elle n'avait pas même
honorés de l'insulte de la femme trahie. Il ne
pouvait comprendre qu'elle fût devenue si
bien la Niobé avec son éternelle impassibilité
de marbre, lorsque les enfants de ses rêves,
plus beaux que les enfants antiques, mouru-
rent, les uns après les autres, sous les flèches
implacables du sort. Pour Allan, il était impos-

sible d'admettre que la jalousie ne dût plus
exister dans son cœur à lui, si violemment
soulevé ; il ne la croyait pas si grande qu'elle
n'eût pas un regret. Et pourtant, c'était la
vérité ; elle n'avait pas l'ombre d'un regret. Ce
n'était pas pour cette femme que le passé était,
comme pour nous, âmes aux infirmités com-
munes, un doux spectre à haleine de rose qui
vient tirer les rideaux de nos lits pendant nos
nuits insomnieuses ; le squelette de l'être
chéri, échappé du cercueil, qui revient baiser
avec les lèvres qu'il n'a plus les lèvres que
nous avons encore, et qui a conservé quelque
chose de chaud là où fut la bouche.

Mais, bien plus que la connaissance de
l'âme de madame de Scudemor, un fait domi-
nateur, indomptable, et qui contient la plus
grande des douleurs humaines, absorbait les
germes empoisonnés de la jalousie d'Allan en
un désespoir autrement amer que celui dans
lequel la jalousie avait pu le jeter. Il n'était pas
aimé et il aimait !... On ne lui préférait personne. S'il y avait eu une préférence pour un
autre dans ce cœur qui ne lui appartenait pas,
ah ! du moins, il y aurait eu possibilité d'être aimé
aussi, il y aurait eu possibilité de vengeance !

Mais ces misérables dédommagements n'existaient pas. — Il n'était point aimé et il aimait !...
C'était bien simple, mais y a-t-il un malheur
plus achevé que celui-là ? Les moralistes et les
poètes n'ont pas assez montré quels secrets
irrévélés de tortures un fait pareil : ne pas
être aimé ! enferme dans le cœur de l'homme
qui aime. Tout pâlit, s'efface et devient
presque doux, devant ce fait suprême dont
l'analyse serait un livre gorgonien pour les âmes
confiantes et heureuses. Ah ! aimer qui n'a
jamais attendri son regard en vous regardant,
qui vous a compté — qui ne vous a pas même
compté ! — parmi les indifférents qui entrent
et qui sortent, n'est-ce pas une brutalité d'involontaire devant laquelle l'homme intérieur
devient lâche et tremble, comme s'il était
menacé ?... On meurt d'aimer, — on fait plus
que d'en mourir, on en souffre ! — et si on pouvait montrer cet amour comme on l'éprouve,
Elle n'en ferait pas plus cas que d'une chanson,
et retournerait tranquillement la tête de l'autre
côté. Ironie horrible, qui n'en est plus une, à
force de profondeur ! Cependant, l'esprit comprend qu'il n'y a pas de colère à avoir, et
lorsqu'à toute heure on est saisi d'un frémis-

CE QUI NE MEURT PAS 243

sement de rage, on se regarde frémir du haut
de sa raison et l'on devient pour soi-même
une étrange anomalie et un effroyable objet
de pitié. Enfin, quand l'être aimé devient perfide et vous abandonne, ces angoisses, qui trou-
blent la vue et dans lesquelles le monde ne
semble plus régi par des lois intelligentes, ces
angoisses ne sont si affreusement cruelles que
parce qu'on aime encore qui ne vous aime
plus!

Telle était la fatalité qui pesait sur Allan.
La certitude qu'il n'était pas aimé et qu'il ne
le serait jamais, finissait par tuer tous ses
autres sentiments. Il n'y avait plus place dans
son âme que pour une douleur infinie creusée
chaque jour davantage par la réflexion, qui ne
s'arrêtait pas, elle, quand la sensibilité défail-
lait, parce que où les nerfs se brisent, l'esprit
demeure éternel.

Et c'était une douleur presque auguste,
tombée dans un être si jeune et si beau. Elle
répandait sur cette forme d'ange qui n'était
pas encore une stature d'homme, quelque
chose de la fatigue des vieillards. L'âme avait
vécu plus vite que le corps, et qu'est-ce que
la vie lui dirait maintenant qu'il ne sût?

Y avait-il une douleur au delà de la sienne?
Toutes celles dont l'humanité souffre ne se
résolvent-elles pas dans quelque désir trompé,
dans quelque halètement vers l'impossible, qui
renferme le problème de la mort bien plus
que le temps?

Les observateurs superficiels auraient dit, en
voyant Allan, qu'il se remettait bien diffi-
cilement de la maladie dont il avait failli
mourir. Mais, hélas! le mal était plus intime
encore que s'il avait été aux sources de la vie,
— quoiqu'il les épuisât aussi dans les voluptés
furibondes et tristes dont il se repaissait, solitaire, dans les bras glacés de madame de
Scudemor.

Après les jours, il lui avait fallu les nuits;
les nuits, non par fragments hâtés, mais
entières. Et cette femme, à qui il ne disait *Je
veux* que dans les emportements de sa passion
pour elle et qui l'aurait jeté à genoux avec un
regard, avait plié la tête comme une humble
servante et n'avait pas demandé que le calice
s'éloignât. D'ailleurs, ne valait-il pas mieux,
pensait-elle, traverser ce désert de feu dont
elle voulait sortir Allan, que de l'y traîner pas
à pas? Elle accomplissait son œuvre de dévoue-

ment et de pitié avec une soumission glorieuse
aux vues de son mâle esprit, détrempé dans la
réalité des passions dont elle connaissait toutes
les phases.

La porte de la chambre de Camille s'ouvrait
dans l'appartement de madame de Scudemor.
De peur d'éveiller des soupçons redoutables et
d'autoriser d'embarrassantes questions, madame
de Scudemor ne pouvait guères placer Camille
dans une autre chambre du château. Allan ne
venait donc chez Yseult que quand la nuit
était avancée ; il était obligé d'attendre que le
sommeil de Camille fût assez profond pour ne
plus craindre de le troubler du bruit d'une
porte ou d'un craquement de parquet sous
un pied maladroit. Alors, quand le château
était plongé dans le silence et que les domes-
tiques étaient endormis, Allan traversait les
longs corridors à pas furtifs, s'arrêtant souvent
pour respirer, entre deux battements de son
cœur. Une émotion qui ressemblait à de l'effroi se mêlait fatalement à cette action d'aller
trouver la nuit, en se cachant, celle qu'il
aimait et dont la pensée faisait ruisseler des
rivières de flammes dans ses veines.

Puis, quand le matin était venu, le matin

imperceptible encore, — point gris de perle,
avant d'être rose, à l'horizon anuité, — il
sortait de la chambre de madame de Scudemor,
aussi pâle que Roméo tombant du cou de sa
Juliette sur la rampe du balcon où il se suspendait pour lui dire son dernier adieu. Mais,
comme Roméo, il n'était pas pâle, lui, de
cette double pâleur du bonheur et de la transe
qui se déploie sur les fronts moites des baisers
donnés et reçus. La sienne eût été plus grossière, si la noble douleur de son âme n'en
avait transparencé la nuance, — comme ces
nuages d'un blanc glauque et épais que la lune
immatérialise en les pénétrant de sa blancheur
plus lumineuse.

XX

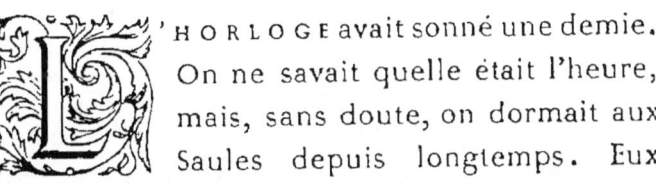'HORLOGE avait sonné une demie. On ne savait quelle était l'heure, mais, sans doute, on dormait aux Saules depuis longtemps. Eux seuls veillaient. Ils veillaient comme deux coupables ou comme deux heureux. L'un entourait des caresses de cet amour qui fait chaste ce que la volupté a de plus troublant, la femme qui avait eu le premier sentiment de son cœur. L'autre pratiquait le dernier dévouement dont elle fût capable; — était-ce un crime? L'un aimait et sentait que son amour

était inutile, que jamais il n'en serait payé par
rien qui ressemblât au moindre sentiment d'a-
mour; — horrible angoisse! L'autre, montrant
dans une inaliénable faiblesse une inaliénable
sympathie, craignait que cet amour, inspiré par
elle, ne brisât, avant d'être brisé lui-même,
cette vie faite pour être acceptée à la condition
d'en donner une autre en échange; — était-ce
du bonheur?...

— « Laisse-moi! — disait-il, comme s'il craignait une résistance après tant de volontaires
abandonnements. — Regarde-moi, que je te
voie! » — Et, la main au front de madame de
Scudemor, il la repoussait presque en arrière,
tandis que son autre main s'allongeait sur les
épaules au défaut du cou.

Les épaules, voilées d'une mousseline claire
échancrée, étaient légèrement arrondies par
la pose qu'elle avait alors, et elle était plutôt
assise que couchée, appuyée sur un bras angu-
leusement placé, l'autre étendu sur le lit, —
enfermé dans la mousseline comme les épaules,
et serré de manière à donner au poignet
de cette main blanche un peu longue,
mais si expressive, une grâce plus parfaite
encore.

La chambre était sombre ; car la lampe qui brûlait sur le somno n'avivait les obscurités de l'appartement qu'à travers un des rideaux du lit, abaissé à demi dans une négligence oublieuse. Il ne faisait clair que dans les glaces, placées à plusieurs endroits et même sur le lit où ils se trouvaient, et où la lampe répandait presque exclusivement sa lumière. C'était plutôt un jour de flamme qui s'orangeait en passant par le milieu opaque de l'albâtre, que cette clarté argentine, métallique, saisissante, des glaces, dans ces lambris que l'ombre enveloppait.

Il y avait encore du délire sur les traits d'Allan, mais du délire qui n'était plus qu'un reste d'orage au bord murmurant d'un nuage qu'emporte un souffle muet, un gonflement encore à cette poitrine, une paix rapide dans des jours troublés.

Son idée à gueule de lion, l'idée que cette femme ne l'aimait pas, surgissait de nouveau en lui dans l'apaisement momentané d'une volupté ugoline qui reprendrait bientôt sa charnelle pâture... En la forçant à le regarder et en plongeant ses yeux dans ces autres yeux d'une distraction infinie, il cherchait quelque

nouvelle ivresse, pour ne plus penser qu'elle ne
l'aimait pas.

Elle le regarda, mais, au fond de ces prunelles désertes de volupté, on eût dit qu'il y
avait une pensée plus rêveuse que celles que
d'ordinaire on y voyait.

— « A quoi pensez-vous? — lui dit-il.

— Je pensais qu'il y avait quatre mois, —
répondit-elle, — j'étais seule ici, à cette même
place, et que je m'en levais pour vous écrire.
Vous savez ce que je vous écrivis. Tout à
l'heure, je me demandais s'il y avait une autre
manière de vous sauver?... »

Les sourcils d'Allan se froncèrent avec lenteur, mais ses yeux ne lancèrent pas d'éclair.
Ce mouvement de sourcils fut tout ce qui dé-
passa le seuil de son cœur. La main qu'il avait
au cou de la comtesse Yseult tomba le long
de ses cheveux, qu'un moment auparavant la
même main avait dénoués et répandus autour
de cette tête d'un calme auguste, contraste
qu'il chérissait, lui, et qui la faisait ressembler
à quelque reine captive, à quelque grand orgueil atteint, à du stoïcisme courbé! Ce n'est
pas pour baigner ses mains dans les flots de
cette épaisse chevelure, pour étancher la soif

de sa bouche, que toujours il aimait à la faire
ruisseler autour d'eux quand ils se trouvaient
rapprochés comme alors. C'était un besoin
d'imagination tendre offensée. Il voulait adoucir
cette physionomie haute et grave, lui donner
un reflet de jeunesse, un désordre apparent de
la passion qu'elle n'avait pas, un éperdument
mensonger, mais qui eût suffi à cet instant de
l'âme infinie. Il voulait tout ce qui pouvait la
faire descendre des sommets intangibles de la
raison et la faire ressembler à une femme
fragile autrement que par la pitié. Il était
naturellement poète. Il l'était deux fois, puisqu'il était amoureux. Et il déchevelait Yseult
comme le poète se sert d'un rhythme et d'une
image; car c'était là un rhythme et une image
de cet incoërcible poème qu'il ne pouvait
réaliser.

Le bras jeté aux épaules inclinées céda et
vint à tomber plus bas, sur les oreillers amollis.
Ce qu'elle avait dit paraissait avoir détaché
d'elle la caresse languissante, contemplative,
cette caresse de l'autre bord des jouissances
vives, vers lesquelles on se retourne, quand
elles ne sont plus, avec un regret suppliant.
Un mot vrai, innocent et bon, avait interrompu

la caresse, comme le doigt d'un enfant fait
tomber un fruit mûr, rien qu'en s'y posant.

La langueur mélancolique du sentiment
d'Allan ne dura pas, mais ce ne fut pas l'âme
qui l'engloutit dans son amour. Il n'en faut
pas tant, souvent, à la pauvre nature humaine !
Le bras, en coulant des épaules sur le lit, avait
peut-être rencontré un tissu moins épais, le
renflement d'une forme plus excitante de volupté et de mystère, une révélation de nudité
à quelques replis de vêtements de nuit dans
ces poses insoucieuses, un toucher frémissant
mais imperceptible, et ce fut assez pour que
la poitrine se regonflât et que s'en revînt
l'orage parti, avec ses effrayants murmures.

— « Ah ! tu peux me recrier, maintenant, —
dit-il avec explosion, — ton éternel mot de
glace aux oreilles. Il ne me tombera plus dans
le cœur comme une goutte de venin ! Il y a
quelque chose, Yseult, qui vaut mieux que toi
et qui me préserve de toi ! C'est cette beauté
suprême, que tu m'as donnée comme chose
que tu méprisais, et qui me fait oublier ce que
sans cesse tu me répètes, — qui fait que je ne
t'entends plus ! »

Et dans la glace placée en face et à la hau-

teur du lit, disparurent les deux têtes du cou-
ple étrange qu'on y voyait. Seulement, le lit
gémissait jusque dans ses colonnes, comme si,
en réponse à Allan, une impétueuse sympathie
se fût emparée de son bois inerte et de ses
bronzes durs et glacés : chose qui semblait
s'émouvoir, pour faire honte à la créature indifférente !

Elle ressemblait aux sphinx du lit par son
profil grec, l'ouverture de l'angle facial et son
immobilité rigide, dans la pâleur profonde de
sa chair, comme eux dans le vert de leur
bronze. Mais là s'arrêtait l'analogie ; car nul
mystère railleur ne jouait sur sa lèvre, nulle
impénétrabilité ne fermait son front. Hélas ! il
y apparaissait quelque chose de plus triste
encore : il y apparaissait de l'anéanti !

— « Oh ! je n'ai jamais, — disait-il à propos
mille fois interrompus, d'une voix stridente,
fausse, haletante, décomposée, — je n'ai jamais
aimé que ta beauté, cette beauté que je tiens
dans mes bras ! Je n'ai jamais désiré, dans les
plus ardents de mes rêves, d'autre bonheur que
celui d'être ainsi, poitrine à poitrine, avec toi !
Oh ! l'amour, l'amour, c'est un baiser, c'est
une morsure, du sang qui coule et qui se

mêle, une nuit passée, des jours comme des
nuits, des nuits comme celle-ci, et au bout
mourir! Voilà l'amour! Mais le reste, s'il y a
un reste, qu'est-ce qu'il me fait? Ce n'en est
pas! — Et il riait. — Qu'importent ton silence
ou tes paroles, pourvu que tu ne retires pas ta
lèvre de dessous la mienne! Qu'importe que
rien ne batte dans ton sein, s'il m'appartient
plus qu'à ton enfant! Ah! le reste est bon
pour remplir le creux du temps qu'on n'aime
pas, qu'on défaille, qu'on retombe à l'humanité! Mais l'amour n'est l'amour que parce
qu'il remplit la vie. A la remplir, qu'il la fasse
éclater, qu'importe! Aime-moi! Ne m'aime
pas! Mots qui frappent l'air d'un son stérile;
mensonges peut-être! N'est-ce pas toi que je
tiens là, Yseult? Tu es à moi! Je suis heureux! »

« Je suis heureux!... » Et il proclamait son
bonheur avec des accents tirés de si loin dans
son âme, qu'il eût fait trembler les âmes pures
sur la céleste origine du bonheur qu'elles
espèrent parfois.

Mais l'expiation suivit de près le blasphème.
Les sens, en lui, palpitaient encore, qu'à ce
bonheur proclamé le cœur avait répondu par
une négation sublime. Quels sont ceux qui

n'ont pas senti, au fond de leurs âmes, de
ces péripéties soudaines, au moment où ils
croyaient que le drame intérieur n'avait plus
qu'à se dérouler sans une seule lutte, désormais? Le dénouement, on le tenait pour cer-
tain, et voici que d'un fond plus intime et
qu'on n'avait pas aperçu, il en jaillit un autre,
plus grand et plus vrai. — Les larmes noyèrent le
rire impie, et à la place de toutes ces fanfares
de victoire, un cri de détresse s'exhala :

— « Quand je le voudrais, je ne pourrais le
croire, Yseult! — reprit-il. — Ce n'est pas vrai
que je sois heureux! Ce n'est pas vrai que
l'amour soit ce que j'ai dit! En vain je m'étends
sur ton sein et je m'y abreuve d'une ivresse
mortelle, mon cœur se venge des égarements
de ma raison. Ah! c'est le contraire qui est le
vrai plutôt. L'amour est d'être aimé, pas autre
chose! Et moi, — dit-il, d'une voix crevant
dans ses sanglots, — et moi, je suis bien malheureux! »

En le voyant retombé dans une telle afflic-
tion, Yseult se souleva sur son séant et lui dit,
à lui qui pleurait loin d'elle maintenant, la
tête enfoncée dans les oreillers, sur l'autre bord
de la couche :

— « Oui! vous êtes malheureux, Allan, mais
ne vous abandonnez pas à de tels désespoirs!
Ayez un peu de courage, au nom de moi que
vous aimez!... »

Pauvre et malheureuse femme aussi! Car elle
sentait l'impuissance de ce qu'elle disait, et ce
lui était une rude angoisse.

— « Voyez-vous! — reprit-il, en relevant
son visage violacé par l'étouffement de son haleine dans les oreillers et tout humide de larmes encore, — j'aimerais mieux de la jalousie
que ce qui me tue l'âme ainsi! J'en ai eu, de
la jalousie, quand j'ai cru que vous aimiez
Camille à cause de son père! J'en ai eu, quand
vous m'avez raconté que vous aviez aimé aussi
comme je vous aime, avec frénésie! Oh! cela
fait bien mal! Mais pas tant que de savoir qu'on
n'est pas aimé et qu'on ne le sera jamais! Pas
tant que cette peine du dam de l'amour à
laquelle je suis condamné, Yseult! Il n'y a que
cela d'intolérable. Je t'aime, et toi, tu ne
m'aimes pas! »

Et avec un déchirement de Laocoon, image
de toute destinée ici-bas et surtout alors de la
sienne, il répétait le mot fatal : « Je t'aime, et
toi, tu ne m'aimes pas! »

Bien des fois, madame de Scudemor l'avait vu en proie à cette pensée, mais jamais comme cette nuit funeste. Cette impassibilité à laquelle elle était arrivée par la faiblesse comme tant d'autres y arrivent par la force, s'émeuvait devant de telles douleurs. Peut-être eût-elle accepté de recommencer sa vie de cœur, eût-elle dû être encore trahie, pour épargner une agonie pareille à Allan? Regret vain d'une générosité écrasée par l'Impossible, cet écrase-tout dans les destinées humaines, serpent qui vous lie les pieds, les mains, le torse et la gorge, quand vous voyez mourir, à trois pas de vous, vos enfants!

Il la prit au cou à deux mains avec violence, comme s'il allait l'étrangler :

— « O Yseult, — dit-il, — Yseult, rends-moi ma jalousie plutôt, ma jalousie cruelle, concentrée, dévorante! Rends-la-moi! Tu me feras tant de bien! Ce sera comme la rosée du ciel sur mon âme, ce sera comme du baume dans des plaies ouvertes! Ah! ne peux-tu donc me ressouffler cette flamme au cœur? Parle-moi de cette Margarita qui enleva, sans le savoir, le velouté des fleurs de ton âme; des misérables lâches à qui tu permis de les froisser; de

ton mari, qui te les rejeta flétries quand tu les
lui eus prodiguées; et du plus aimé de tous,
qui les consuma jusqu'aux racines! Dis-moi
que celui-là, tu l'aimes toujours! Dis-moi que
ce n'est pas vrai qu'il soit oublié; qu'on n'oublie pas un homme aimé d'une adoration si
prosternée; que sur son souvenir luit à jamais
un rayon de cette merveilleuse flamme qui lui
lampait sur le front aux jours des baisers et
des étreintes, dans ces nuitées pleines de
pâmoisons et d'extases! Montre-moi la place
de ce portrait, si longtemps porté, m'as-tu dit,
que la marque en est restée dans ta chair! Oh!
je veux la voir sur ton sein!... » — Et il quittait le cou meurtri par ses ongles et s'acharnait
sur le vêtement modeste qu'elle portait la nuit
sur sa poitrine. — « Allons! sois franche avec
moi, Yseult. Avoue-moi que tu m'as trompé,
que j'étais un enfant de te croire, que tu l'aimes
toujours, ton bel Octave; que tu penses à lui
toujours, toujours! et qu'en ce moment je fais
aller plus vite dans tes veines ton sang, à son
nom prononcé. Oh! poignarde-moi des détails
de tes confidences! Répète-moi ce qu'il trouvait de plus beau en toi et ce que tu lui aban-
donnais avec le plus d'ivresse, et les caresses

qu'il préférait, et celles que tu lui demandais davantage! Oh! n'as-tu pas, — laisse-moi chercher! — n'as-tu pas, sur ce corps qu'il a délaissé sans pouvoir te rendre l'âme qu'il t'a prise, n'as-tu pas quelque stigmate d'ineffaçable caresse, la morsure profonde d'une dent qui coupa, l'empreinte d'une succion folle ou quelque trace d'un ravage plus secret encore? Montre-la-moi, dénude-la, avec l'orgueil et le regret de la passion qui a été heureuse, mais qui n'est pas assouvie! Où que ta bouche puisse atteindre, baise avidement devant moi ces vestiges accusateurs, pour y chercher l'humidité des lèvres qui n'y est pas demeurée et pour frissonner et mourir en imaginant l'y retrouver! Ne me fais pas grâce d'une seule des délices ressouvenues dans des égarements solitaires rendus plus âcres et plus insensés par l'idée de l'affreuse impuissance qu'ils trahissent! Plonge-toi jusqu'aux reins dans la passion, qu'ils disent immonde parce qu'ils la jugent de sang-froid, et qui est si belle qu'il n'y a plus de bourbier pour elle, au plus épais, au plus infect des fanges de la terre! Puis viens à moi, te glorifiant de tes souillures parce que ton amour y resplendit, et de la fureur de tes

souvenirs, et de l'impudence de tes aveux !
Viens à moi, qui te comprendrai et qui te ren-
verrai la bénédiction pour la torture ! Tu me
seras éternellement sacrée ; car tu m'auras soulagé de tout ce que je souffre, en me rendant
ma jalousie ! »

Il s'arrêta épuisé, une écume blanchâtre aux
lèvres et les yeux livides... Elle, divine comme
une femme insultée et qui n'a pas même besoin
de pardonner, avait croisé ses bras sur son
sein demi-nud comme pour le défendre, quand
il avait essayé d'en déchirer les voiles, et,
depuis ce moment, elle était restée dans cette
attitude, l'écoutant dire sans horreur et sans
fierté blessée, toujours de la même pâleur
blanche et lisse, mais qui devait rayonner d'un
moment à l'autre sous les transfigurantes splen-
deurs du martyre moral qu'elle endurait avec
grandeur.

Cette vue rappela Allan à la raison. Il s'é-
pouvanta de lui-même :

— « Qu'est-ce que j'ai dit, Yseult ? — demanda-t-il. — T'ai-je offensée ?

— Je n'ai entendu qu'une seule chose, —
répondit-elle avec une inexprimable miséricorde, — c'est que vous souffriiez beaucoup,

Allan. » — Et elle lui tendit une main sur laquelle il répandit des larmes moins amères que
celles qu'il venait de verser.

Toutes les nuits ne ramenaient pas des scènes
aussi cruelles, mais il ne s'en écoulait pas dans
lesquelles ne se trahît la douleur d'Allan. Un
désir plus noble et non moins exigeant, qu'il
ne pouvait rassasier, ne cessait de réclamer
dans son âme. Les fleurs de volupté qu'il suçait
à en mourir renfermaient, comme les feuilles
de laurier-rose, un poison corrosif et mortel.
Il ressemblait à ce malheureux fou dont l'histoire peu connue est d'autant plus touchante
qu'elle est l'emblème de la vie de beaucoup
d'entre nous. Un fou s'éprit d'une lame d'épée;
amoureuse altière et cruelle! Mais elle était
svelte, souple et gracieuse comme une jeune
fille. Elle se relevait comme une couleuvre
quand on l'avait pliée en faucille sur le pavé.
Elle répandait de beaux reflets bleuâtres qui
fascinaient comme les adorables et irrésistibles
yeux de la femme que l'on sait perfide. Peut-
être y avait-il pour le pauvre fou des analogies
dans tout cela?... Quoi qu'il en fût, l'homicide
ne répondait à ses caresses que par du sang;
du sang pour des baisers et pour des étreintes,

du sang aux mains, à la poitrine, aux lèvres !
quand, un jour, il se la fit entrer jusqu'à la garde
dans le cœur. Ah ! pourquoi Allan et nous,
en pressant contre nos poitrines ces femmes
trop aimées, glaives de douleur qui nous déchirent, ne les ouvrons-nous pas assez profond
et assez large pour qu'amour et vie puissent
tout à coup s'en échapper ?...

Cependant, il faut en convenir, cet inapai-
sable mal qui rongeait Allan et lui dévorait ses
jeunes années, était au fond une magnifique
blessure, un noble deuil, un désespoir qui avait
aussi sa grandeur. C'était la première fois que
l'ulcère fut plus beau que la pourpre qui le
couvrait ; car cet ulcère était à l'âme, et tout ce
qui vient de là est sacré. Ah ! c'est que l'amour
est plus qu'une possession foudroyante mais
éphémère. C'est une possession de toujours,
quelque chose qui défie les organes au lieu de
les écraser, parce qu'elle est placée, là où
l'homme est une force, comme une irradiation
de Dieu même. Des mains qui se joignent ne
sont qu'un symbole ; le regard le plus plein
d'éclairs ou de larmes, une réverbération in-
colore de l'invisible lampe allumée dans le
temple du cœur. Firmament voilé qu'on soup-

çonne dans la nuit humaine, étoiles aveuglantes de flamme si on les voyait. Inconnu! Inconnu! tourments et délices, n'est-ce pas ce que l'amour implore dans les sympathies d'une autre âme, dans ces liens qui ne sont pas seulement des bras vulgairement enlacés? Aussi, quand ce besoin de sympathie reste béant comme un abîme, quand les immensités du cœur, qui se projettent de loin, comme les vagues d'une mer infinie, ne trouvent pas le globe d'azur de l'univers d'un autre cœur à embrasser, il s'élève de l'âme un grand cri, et c'était le cri que poussait Allan. Jeune homme que l'hébétement de la sensation n'avait pas engourdi de son contact de torpille, il ne se contentait pas du philtre qu'il buvait à pleines gorgées et qui n'endormait repus qu'une seule espèce de désirs.

.... Fatiguée sans doute de secousses si nombreuses, madame de Scudemor s'était endormie. Ses cheveux, elle ne les avait pas rattachés. Son sein, elle ne l'avait pas recouvert. La lueur de la lampe adoucissait les rondeurs un peu mâles de ce visage et fonçait le duvet de soie qui estompait ses lèvres, que le sommeil mollement closait. Quoique pâle et les yeux fermés

comme une morte déjà ensevelie, sans un rêve
qui lui envoyât une goutte d'ombre du bout de
son aile en passant sur son front et ses yeux,
tout en elle révélait pourtant extérieurement la
vie, — une vie plus profonde et plus concentrée que celle dont on est submergé à vingt
ans. Il n'y avait pas une de ses veines qui n'en
accusât la présence sans se gonfler, pas un
battement de ses artères qui n'en fût l'expression régulière et forte. Elle la transpirait par
chaque pore. A sa respiration longue et calme,
mais puissante, on aurait pu croire qu'il allait
s'échapper un monde de son sein légèrement
soulevé. En vain, l'âge qui venait, l'âge intrai-
table, avait imprimé ses offenses à ce front que
souffrir et penser avaient vieilli avant les années,
à cette bouche qui n'avait plus même la tristesse du regret, à ces cheveux dont la noirceur
n'était plus tout à fait pure ; mais toutes ces
raies apparentes sur ce beau marbre de Car-
rare n'avaient pas entamé plus avant le bloc
invulnérable. Si le temps n'était pas vaincu, du
moins semblait-il s'arrêter, étonné, avant de
recommencer cette lutte, qu'il n'épuiserait pas
en quelques jours. Et cela était beau, que cette
espèce de lenteur avec laquelle il attaquait une

créature mortelle, comme s'il eût eu peur
d'avoir affaire à quelque immortalité !

Allan, une main accrochée à la tête d'un
des sphinx de la couche, Allan, à genoux sur
le lit, auprès de madame de Scudemor, la fixait
d'un œil moitié morne et moitié ravi. Il admi-
rait cette plénitude d'existence, ce luxe de
force et de repos. Penché sur ce sein immobile,
écoutait-il les murmures du torrent de vie qui
circulait, inutile, dans cette organisation puissante, mais qui, hélas ! n'en jaillissait plus ?...
Ou suivait-il, à ce cou d'un sculpté si vigoureux et si doux, la trace ardente des mains qu'il
y avait portées dans une fureur qu'il se reprochait ?

— « Oh ! — pensait-il, — tant de jeunesse
encore, et pas pour moi ! Même ce corps divin qu'elle m'abandonne, je n'ai pas le pouvoir d'augmenter d'une pulsation de plus la vie
qui l'anime ! Sous mon cœur, il est comme là.
Et pourtant, que cette vie semble immense !
Comme cet Océan écumerait, s'il y avait un
souffle assez puissant pour le soulever ! Comme
elle serait belle, ô Dieu ! si l'amour avait un
dernier et faible rayon pour elle. Comme le
bonheur donné par elle ressemblerait peu à ces

I.   34

bonheurs que les autres femmes peuvent donner! Avec quelle impétuosité je livrerais ma
vie entière à dévorer à ce bonheur, trop anéan-
tissant pour durer ! Mon Dieu! comme elle
me tuerait bien... » — Et il pleurait. L'orfraie
criait seule au dehors. Il pleurait. Les larmes
tombaient lentement sur le sein de madame
de Scudemor, et, successivement, y séchaient,
inutiles comme sur un cercueil.

Chose étrange! Il pleurait sur la Vie comme
on pleure sur la Mort. Mais, tout en pleurant
sur cette vie qui passait dans ses lèvres avec
moquerie et qu'il ne pouvait aspirer et absor-
ber en lui, c'était aussi sur la perte d'un cœur
éteint, mort déplorable, qu'il gémissait !

XXI

E souvenir de cette nuit cruelle vint
se mêler, comme une funèbre vi-
sion, à toutes les pensées de madame de Scudemor. Poursuivie
par le spectacle d'un malheur sous lequel Allan
de Cynthry succombait, elle regarda dans sa
grande âme, et chercha s'il n'y avait pas à faire
un sacrifice encore pour attester la pitié au
nom de laquelle elle avait agi. Ce qu'il y avait
en elle d'admirable, ce qui ne faiblissait pas,
ce qui la soutenait, c'était cette horrible espérance que la passion d'Allan était mortelle. En

présence d'un amour que toute autre femme
aurait été fière d'inspirer, elle n'avait pas eu un
instant de trouble dans sa désolante certitude.
Le scepticisme d'une illusion ne l'avait pas reprise, et elle conservait, pure et profonde, cette
foi au néant qui reposait dans son sein. Athée
tranquille, qui se confiait à la mort comme le
Juste à des promesses d'immortalité ; qui attendait patiente, parce qu'elle était convaincue ;
qui ne s'en vantait pas, car l'athéïsme est silencieux comme le mépris.

Mais le médecin allège les souffrances de
l'homme attaqué d'une maladie incurable, en
attendant qu'il tombe, lui et sa pensée, dans
l'étouffoir d'une fosse ouverte, et cela s'appelle
de l'humanité. Que si la douleur est plus forte
que la vaine science, que reste-t-il à faire, sinon
de précipiter violemment à la tombe l'être qui
fut créé pour mourir ?... Mais quand cette terrible conséquence devant laquelle ont reculé
des hommes plus lâches que leurs doctrines,
quand cette ressource suprême manque aussi,
— chose inerte et lugubre ! la Pitié humaine
se voile la tête et attend, dans une horreur
muette, qu'il n'y ait plus là qu'un cadavre,
pour la relever.

Et c'était ce qu'avait fait Yseult pour la passion d'Allan. Mais la passion ne s'était pas
endormie avant de mourir. Elle veillait, toujours plus cruelle. Prolongerait-elle sa veille
longtemps encore? Résisterait-elle bien des
jours à la fatale agonie? Yseult s'était mise à
attendre, enchaînée auprès du malade, lui
donnant sa main quand il la voulait, sa bouche
quand il la voulait, son sein quand il le voulait, — tous poisons, mais trop lents, au gré de
sa compassion intrépide.

Cependant, la souffrance devint si atroce,
cette dernière nuit avait été d'une horreur si
nouvelle, que cette pitié, réduite à l'inertie, se
releva de terre et voulut agir. O folie d'un sentiment! mais d'un sentiment qui briserait la
langue de l'homme, s'il essayait de le nommer.

— « Peut-être, — se dit-elle, dans un de ces
repliements sur soi qu'ont tous les caractères
profonds et qui contiennent un secret reproche,
— peut-être ne suis-je pas allée assez loin
encore? J'ai rejeté tous les motifs de vanité,
étouffé toutes les répugnances d'une vulgaire
délicatesse, foulé aux pieds tous les semblants
de vertu, mais n'y a-t-il pas autre chose encore
à sacrifier? N'est-ce pas un reste d'orgueil, qui

met entre moi et Allan la négation qui le dé-
sole ? » Et la voilà qui se prit à broyer sous sa
volonté ce dernier schiste d'une âme de poussière, cet orgueil qui vit dans les blessures.
Hélas ! ce travail sur elle-même, cette apostasie
d'une véracité qu'elle avait jusque-là conservée,
cet embrassement tout rougissant du mensonge,
cette résolution à la bassesse, ne furent pas
l'affaire d'un seul jour. Elle eut besoin d'y
aller à plusieurs reprises pour consommer sa
dégradation à ses propres yeux.

Soit l'effet des combats qu'elle livrait à l'orgueil, soit le commencement de l'essai qu'elle
voulait tenter, elle changea subitement de manières, et Allan dut promptement s'en apercevoir. Le calme infini de sa personne, si grand
qu'il semblait s'en répandre et qu'Allan en
avait été plus d'une fois saisi comme d'un
froid soudain, ce calme s'altéra quelque peu...
Le regard se voila comme un acier poli sous
une haleine ; le sourire, pauvre rose morte
feuille à feuille, se pencha plus triste au bord
des lèvres. Cette voix déjà étouffée, s'étouffa
davantage. Quand Allan lui parlait de son infatigable amour, elle l'écoutait avec une expression de physionomie qu'il ne lui avait jamais

vue. D'un autre côté, elle s'abandonnait moins à ces longs tête-à-tête, à cet ensemble de toutes les minutes passées avec lui. Est-ce que Brutus lui-même ne portait pas quelquefois à sa bouche un pan de sa toge pour cacher le rire de mépris qui y revenait peut-être à travers la magnifique imposture, et qui aurait trahi la volonté et le génie sous le masque de la stupidité?...

Allan s'étonna de ce changement dans une femme d'une donnée si simple et si droite. Ce qu'il en avait compris jusqu'ici l'avait rendu, il est vrai, le plus malheureux des hommes, mais lui ôtait du moins toutes les anxiétés de l'avenir. Au contraire qu'à présent Yseult ne se montrât plus l'inaltérable femme qu'elle avait toujours été avec lui, fallait-il penser que sa compassion fût la cause d'un changement, ordinaire dans une autre femme, inexplicable dans celle-ci? Et pourquoi changée, si son stérile sentiment ne l'était pas? Quoi pouvait troubler, en s'y mêlant, l'unité profonde de cette vie? Avec l'activité d'Allan, avec les ressources d'un esprit aiguisé par ce qu'il craignait, il eut bientôt parcouru tout le champ des possibilités. Mais toutes le conduisaient à

l'absurde. Toutes étaient une flagrante contradiction de ce qui faisait de madame de Scudemor une créature d'exception. Toutes lui
voilaient la vérité de cette femme, vérité si désintéressée et si humble, qu'il fallait être aveugle pour n'y pas croire comme on croit à soi-
même, et c'était ainsi qu'Allan y croyait.

On ne juge pas toujours bien la personne
aimée, et d'ailleurs, qu'importe ! L'illusion n'est-
elle pas la plus reposante des certitudes ? Mais
ne plus la comprendre, ni par l'illusion, ni par
la réalité, parce qu'elle porte en soi d'irrévéla-
bles pensées, demandez aux femmes des hommes de génie quelle douleur c'est, que cette
douleur !... Allan éprouva quelque chose d'ana-
logue à cette peine. Il savait tout de la vie et
de l'âme d'Yseult. Rien d'extérieur ou d'intime
n'apparaissait qui pût l'inquiéter dans cette vie
dont tous les jours étaient d'une uniformité
monotone, rien qui pût justifier les différences
dont la soudaineté le frappait... Il hasardait
bien une question, mais, d'un mot ou d'un
silence, elle réduisait la question au néant. De
frère à sœur, on se dit mille choses ; d'amant à
maîtresse, on se dit toutes choses ; mais, ici, les
rapports étaient de juxta-position, non de con-

fiance, et de quel droit Allan aurait-il exigé
que les secrets fussent mis en commun? Il ne
se sentait vraiment pas le droit de dire à madame de Scudemor, ni tendrement, ni impé-
rieusement: « Qu'as-tu?... » Il avait réfléchi
sur sa vie actuelle. C'est la marque des sentiments profonds, que la réflexion à laquelle ils
plient l'esprit. Cette réflexion découvre les anfractuosités de l'âme, ces côtés crevassés, bran-
lants, poussiéreux, qui, dans la vie de deux
cœurs, croulent au moindre choc et dépouillent
le roc chaque jour davantage... Cette situation
est angoissante, et on n'y peut rien. Il faut se
voir. Il faut se juger. Il faut rougir de soi. On
s'arracherait les yeux de la tête et on les jet-
terait à la première borne du chemin, qu'on
ne s'arracherait pas la conscience! Souvent, la
Honte est le boulet que traîne le pied saignant
d'un sentiment dans nos cœurs. Elle était rivée
à celui d'Allan.

Mais ce sentiment, qui porte avec soi un
châtiment parce que tout sentiment renferme
peut-être quelque culpabilité inconnue, ce sentiment, on y tient encore; on s'y cramponne;
on le serre contre son sein; on l'y renfonce à
deux mains avec une ferveur d'avare qui ense-

velit un trésor, avec un frissonnement de lâche
qui se cache, avec la tenace folie d'une jeune
femme qui meurt et qui ne veut pas mourir.
L'unité seule est grande et belle, mais la dua-
lité ronge l'homme par les deux bouts et jusqu'au cœur. O vous qui mettez la lutte au-
dessus de l'harmonie, connaissez-vous bien
ces combats où l'on est vaincu sans le repos
de la défaite?

— « C'est une vileté, une immense vileté à
moi, — se disait Allan quand la vérité sillonnait
l'esprit corrompu, — d'accepter la vie que
cette femme m'a faite! Et encore, je l'accepte
moins que je ne la subis... J'ai sali les concep-
tions candides et lumineuses que j'avais de
l'amour en l'enfermant dans d'impudiques
vouloirs, et quoique les satisfactions de mon
brutal égoïsme aient toujours été impuissantes
à rassasier la faim et la soif placées à la source
même de mon être, cependant n'aurais-je pas
dû les répudier?... L'amour n'est donc pas un
sentiment dont on doive être fier quand on est
un homme, ou j'ai manqué du plus vulgaire
orgueil. » — Dilemme effroyable, qui se refer-
mait sur sa conscience comme le chêne fendu
sur les bras rompus du Crotoniate ; mais, comme

le chêne n'ôtait pas la vie à l'athlète, la conscience blessée se plaignait, mais l'amour restait
sain et sauf.

Ce jugement qu'il ne s'épargnait pas et qui
n'atteignait pas sa passion, l'empêchait de se
livrer avec Yseult à ces abandons inévitables
quand on vit ensemble, et dont la froideur de
celle-ci avait extrêmement diminué le nombre.
N'est-il pas des jours où, malgré tout, on a
besoin de dépouiller la chlamyde de la vie cachée, de la pensée solitaire, de l'amour non
partagé, pour respirer un peu mieux ; où, quoiqu'on n'ait qu'une épaule pour appuyer son
front las, on porte sa pensée, plus lasse encore,
comme si cette épaule entendait ; où l'on ne
craint pas d'exposer la sueur de ses peines au
froid tombant durement dans l'ombre des pié-
destaux de granit, comme à la fraîcheur bien-
faisante d'un bois d'oliviers... Funeste imprudence, expiée presque toujours plus tard ! Mais,
pour Allan, il fallait que la passion renversât
fougueusement la coupe. Jamais, plus doucement inclinée, l'épanchement retenu aux bords
n'échappait dans les longs et calmes ruissel-
lements des confidences. Il gardait furtives
toutes les profanations de lui-même ; car il ne

savait plus lequel était le plus flétri, de sa fierté ou de son amour.

S'il vivait tellement retiré en lui-même, à plus forte raison ne cherchait-il plus que madame de Scudemor l'initiât à tous les mystères de sa pensée. Il en avait fait le tour. Il la savait. Cependant il se croyait généreux vis-à-vis d'Yseult en ne l'interrogeant jamais plus, — en ne sollicitant plus les révélations nonchalantes qui viennent du cœur aux lèvres quand on s'aime, éternelle inauguration de l'un par l'autre, qui n'apprend rien que le désir de s'apprendre davantage tous les deux. Son regard, à lui, traversait pour ainsi dire le calme inouï d'Yseult et semblait se jouer de l'autre côté; femme réduite maintenant à l'indécomposable, n'ayant sauvé du grand naufrage de toutes choses que cette faculté de compatir qui est au sentiment ce que la notion est à l'intelligence et l'atome à l'univers, — mystérieuse essence de ces cœurs étranges pour lesquels il n'y a point de Tirésias.

Et lui qui se donnait les airs d'une superbe délicatesse, lui qui, à force de vanité, s'illusionnait sur les motifs de son silence, il put bientôt le reconnaître, quand madame de Scudemor lui

apparut sous un point de vue si nouveau. Ce
n'était presque rien encore, un pli de jonc sur
la torpeur des eaux immobiles, un cercle fuyant
sous la chute de quelque graine tombée du bec
de l'oiseau qui passe, un caprice, — ce quelque
chose de la femme dont elle ne sait pas le premier mot, — et ce caprice, ce presque rien, fut
une énigme tourmentante, une énigme dont
Allan aurait payé cher la solution. Une supposition l'eût soulagé; mais quoi supposer, à
propos de cette femme unique?... Tout, plutôt
qu'elle pût l'aimer jamais! Tout, plutôt que de
l'urne tarie dont les eaux pluviales avaient fui
sous le ciel de l'amour devenu d'airain, il s'en
retrouvât une goutte non séchée encore, filtrant
à quelque angle caché !

Harassé, mécontent de lui-même, voulant
en finir avec la curiosité qui le tenait comme
une inquiétude :

— « Avouez, Yseult, — lui disait-il, ce jour-là,
d'un rire presque farouche et d'une voix sombre,
— avouez que vous êtes lasse de moi et que
votre pitié vous est bien à charge ! »

Elle était assise devant un piano, dans un
cabinet de travail exclusivement réservé pour
elle, d'une élégance simple, et qui ouvrait sur

un balcon. Elle venait d'essayer une *fantaisie*.
Ce n'était pas une musicienne, que madame de
Scudemor. L'âme manquait aux doigts habiles.
Aussi presque jamais n'achevait-elle le morceau qu'elle avait commencé. Elle se levait
ordinairement du piano comme on ferme un
livre qui n'intéresse pas. Mais, ce jour-là, il y
avait dans sa paresseuse manière de rester là,
les mains éparses au clavier, toute l'inaccou-
tumance dont Allan recherchait avidement la
cause. La *fantaisie* avait passé de l'âme du
musicien dans la sienne. Elle mêlait, à des
intervalles inégaux, un son distrait aux notes
du thème interrompu, brisant pour reprendre,
renouant pour briser, avec langueur, la série
des idées que cette musique exprimait. Errantes
clématites de la rêverie que l'art avait enguir-
landées avec caprice, chutes d'harmonies éphémères qui tombaient, une à une, dans le silence,
comme les gouttes d'eau des avirons soulevés,
quand la barque s'arrête, sur les longues et
sonores tranquillités de la mer au soir.

— « Oh! Allan, me suis-je jamais plainte? —
répondit-elle, avec le sentiment de l'injustice.

— Oui! car c'est se plaindre, que de ne plus
être ce que vous étiez, — fit Allan. — Vous

changez, Yseult, et pourquoi la tristesse vous
prendrait-elle, si vous n'étiez pas à bout de
courage contre mon amour?... »

Elle ne répondait pas. Elle avait l'air évidem-
ment embarrassé. Ses longs cils étaient baissés.
Son sein soulevé. Les camélias du balcon, dont
la porte était ouverte, ressemblaient à des désirs
mourants. Elle passait au souffle de ses narines
l'extrémité de ses doigts, imprégnés d'une
vague odeur d'ambre par le contact de ses cheveux, dont elle lissait pensivement à ses tempes,
si souvent, les luisants bandeaux.

— « Ah ! vous aviez bien raison, Yseult, —
poursuivit Allan, avec la sécheresse d'une ingra-
titude révoltante, — vous aviez bien raison,
quand vous disiez que votre âme était morte.
La pitié dont vous n'aviez pas pu vous défendre,
la pitié que vous vous étonnâtes de vous trouver
encore, n'a été qu'une exaltation de peu de
durée, qui vous a poussée à des sacrifices dont
vous vous repentez à présent. Allons ! avouez-le.
Dites-moi que je vous fatigue de mes transports, de mes chagrins, de mes exigences !
Dites-moi que je vous deviens insupportable
et que vous finirez par me haïr !

— Je ne le dirai point, — répondit-elle

d'une voix très basse, — car cela n'est pas. »

Et, vaincu par tant de douceur :

— « Eh bien, alors, qu'avez-vous donc, Yseult ? » — reprit-il, avec une prière agile, ardente, infatigable, et ce regard éloquent noyé d'espérance étincelante, et qui précède le : *A la fin, je vais le savoir !* mouvement égoïste et hostile que nous avons parfois contre l'être que nous aimons le plus !

— « Allan, — dit-elle, en soupirant et après une pause, — si je m'étais trompée sur moi-même ? si j'avais...

— Ah ! je vous le disais bien, Madame, — interrompit-il, avec un éclat plein d'ironie, — que vous vous êtes trompée ! Vous n'avez pas su voir que, de mon amour et de votre pitié, mon amour serait ce qui résisterait le plus. Vous n'avez pas prévu la vie d'enfer que vous vous êtes faite, et que mon amour insensé accepta, comme vous me l'aviez donnée, les yeux fermés. Car je le sens bien, Yseult, cette vie est affreuse ! — plus affreuse que celle de la jeune fille croyant au bonheur de la force de toute son âme, et victime de son mariage avec un vieillard. Et si je n'ai pas le courage de vous en affranchir, Yseult, c'est que je t'aime

comme un lâche, c'est que l'irrévocable pèse
sur moi!

— Non! vous ne m'avez pas comprise, —
reprit-elle, toujours plus émue. — Si j'ai dit
que je m'étais trompée sur moi-même, je voulais parler d'une autre erreur... »

Il la regarda hébété.

Les rideaux étaient baissés et l'appartement
très sombre. La lumière et l'obscurité y lut-
taient, vaincues l'une par l'autre, à certains
angles, à certains endroits, — comme, dans
l'âme d'une femme, la vérité et la fausseté, la
candeur et la perfidie. Seulement, l'obscurité y
était carminée du reflet des rideaux baissés.
Coquetterie ou trahison de plus, que cette
teinte de carmin qui diffondait aux plus pâles
et aux plus froides les apparences de l'émotion! Le piano était posé contre les rideaux
pleins d'artifices, et le jour ne venait que par
la porte du balcon, à laquelle madame de Scudemor avait alors le dos tourné.

— « Oh! oui, — reprit-elle, après une pause
encore plus longue que la première, et d'une
voix si douce qu'il semblait que ce fût une
voix qui éclosait, nouveau phénix, dans les
cendres de son autre voix, — oh! oui, je

sens que je me suis trompée... Je sens que la
femme n'a pas le droit de s'affirmer elle-même
au moment où elle croit l'avoir assez péni-
blement acquis. »

Allan ne comprenait pas davantage. Il se
suspendait à cette bouche, d'où glissaient,
molles et presque harmonieuses, des paroles
qui n'avaient pas un sens encore. Il attendait
que le jour se fît. Yseult avait levé lentement
son long regard, sous sa longue paupière, jusqu'au visage étonné du jeune homme, et elle le
rabaissa aussitôt avec confusion. Ce n'était plus
l'être calme, le front désert, la bouche au froid
sourire. A travers l'être calme, on voyait poindre
la femme troublée. Le désert du front s'emplissait
d'on ne savait quelles vagues pensées et la bouche
se nuançait de mélancolie... Le Christ, sur son
Thabor, ne se transfigura pas tout à coup.

— « Moi plus qu'une autre, — continua-t-elle,
— n'ai-je pas répondu de moi-même? N'af-
fronté-je pas des dangers que je ne redoutais
plus? Et pourtant...

— Et pourtant? — dit Allan, avec une curiosité plus dévorante que jamais, et qu'un coin
du ciel entr'aperçu éblouissait.

— Et pourtant, — reprit-elle, en cachant sa

tête dans ses mains, — nous ne sommes jamais quittes d'aimer... » — Et dans ce mouvement de jeune fille honteuse et trahie, dans ce brisement de voix mourante, l'identité d'Yseult de Scudemor était perdue. Il n'y avait plus là qu'une femme qui venait d'oser, en tremblant, un aveu.

Un nuage voila les yeux d'Allan, et il dit d'une voix faible, hachée par l'oppression du dernier mot de madame de Scudemor :

— « Ne vous jouez pas de moi !... Ne vous jouez pas de moi, en grâce ! C'est impossible. Je ne vous crois pas ! »

Pour toute réponse, elle ôta ses mains. Elle était pourpre. On ne savait pas si une larme de tendresse ou l'humidité d'un désir noyait ses yeux. Ils étaient toujours baissés, comme ceux des vierges qui n'ignorent pas, plus divines que celles qui ignorent. Elle se leva, toute chancelante, en s'appuyant sur l'angle du piano, et elle vint s'asseoir, avec une langueur presque malade, sur les genoux de son jeune amant.

— « Le crois-tu, maintenant?... — lui dit-elle, en lui plongeant dans les siens ses yeux, adoucis comme sa voix. Mais le regard d'Allan doutait encore. Elle ne le soutint pas, et, comme

pour l'éviter, elle posa sa tête sur la poitrine
du jeune homme, que le cœur soulevait sous
ses bonds.

— Vous, m'aimer! Vous! — répétait Allan.
— Mais je suis donc fou, ou vous l'êtes! Vous,
m'aimer! après m'avoir tant torturé en ne
m'aimant pas?

— Oh! pardonnez-le-moi, Allan! — lui
murmurait-elle, la tête toujours sur sa poitrine. — Pardonnez-moi d'avoir été vraie avec
vous! Hélas! je ne me doutais pas que, plus
tard, vous seriez vengé si vous vouliez.

— Ah! je ne veux qu'être heureux, mon
Yseult! — dit-il, entraîné par la puissance de
ce dernier mot, et il coula un baiser entre les
épaules de madame de Scudemor, qui en fris-
sonna, et ce fut aussi pour la première fois.

— Tu m'as crue bien orgueilleuse, n'est-ce
pas? — reprit-elle, avec un sourire plein de
délices. — Et c'était vrai, Allan, je l'étais! Mais
je veux être bien humble à présent. Mon orgueil venait de ce que j'avais été malheureuse;
je me croyais inaccessible aux douleurs autrefois éprouvées. Mon humilité venait de cet
amour, que je me suis nié à moi-même avant
de te l'avouer, à toi. Il n'y a pas longtemps

que je l'ai découvert dans mon âme, et si tu
n'avais pas, ingrat sans le savoir, calomnié une
tristesse dont tu étais cause, peut-être ne
t'eussé-je pas livré mon secret! Je craignais que
tu ne me crusses pas... Pourtant, je savais bien
que je te le ferais croire. Mais tout cela n'était
pas bien sûr. Tiens! vois-tu, je ne savais plus ce
que je voulais, et je ne sais plus ce que je dis! »

Et, dans son égarement, elle lui mettait ses
bras autour du cou, et elle était affolante avec
ce langage passionné. Allan avait des larmes
dans les yeux. Abondante nature, cœur plein
de l'inépuisable trésor des pleurs de la jeunesse, il les répandait dans la joie comme dans
la douleur. Age heureux, où, pour tout, nous
avons de ces bonnes larmes, qui nous empêchent d'étouffer!

— « Eh quoi! tu pleures?... dit-elle, avec
effroi.

— Oh! n'aie pas peur! — répondit-il. —
C'est du bonheur que tu me donnes. Je crois
que j'en mourrais si je ne pleurais pas!

— Eh bien, pleure, et pleure longtemps, âme
de ma vie, pourvu que tu me laisses recueillir
tes larmes! — Et elle approchait son visage
de celui d'Allan et elle prenait chaque larme

brûlante dans ses lèvres. — Pour qu'elles tombent dans mon cœur, — ajoutait-elle avec une
coquetterie d'amour qui n'est déjà plus l'autre
coquetterie, — il faut qu'elles prennent ce
chemin ! »

O vous qui ne l'avez pas vu, vous ne savez
pas quel charme inouï ces grâces soudaines
d'une passion entraînante communiquent à la
femme qui n'est plus jeune. Vous ne savez pas
comme le contraste entre le cœur retrouvé et
la beauté perdue sied à ces pauvres êtres que
Dieu n'a pas permis au temps de dépouiller
tout à fait. Il n'y a rien dans la nature à qui
on puisse comparer cette ravissante anomalie...
Est-ce donc merveille que la femme d'une jeunesse éclatante emprunte un charme de plus à
l'amour? Mais quand les feuilles de la rose
ne sont pas seulement tombées mais que les
feuilles du rosier s'en vont aussi, quand ce par
quoi la femme vit aux yeux mortels expire,
l'amour en paraît plus divin. On est plus en
présence de l'âme, et comme elle avait une
immatérielle manière de se révéler à travers
les visibles beautés de la jeunesse, poses, mouvements, physionomie, célestes expressions
d'une langue désapprise, mais non pas oubliée,

elle se relève encore, mais mieux, réduite à
ses plus purs symboles, solitaires, maintenant, à
la place où la beauté s'éteignit, et où, plus
grands et plus doux qu'elle, ils dédaignent de
la pleurer.

Ce jour-là, Yseult se revêtit de cette suavité
ineffable qui n'est nulle part et qui est partout.
Jamais Allan ne l'avait vue sous cet adorable
aspect. Il ne l'avait pas même rêvée ainsi
quand il se faisait heureux par la pensée, aux
premiers instants de son amour. Magie du sentiment que les femmes expriment! un reflet
d'adolescence se retrouvait à son front, aurore
boréale de la vie. Et quoique Allan fût le jeune
homme, et elle la femme à son déclin, on eût
dit que cet amour tardif avait effacé la distance
qui les avait séparés si longtemps...

Tout ce qu'elle savait de choses délicieuses,
tout ce qu'elle put imaginer de plus passionné,
elle le lui prodigua. Il ne l'eût pas aimée jusque-là, qu'elle l'eût bien forcé à l'aimer. Voyez-
vous, les femmes savent des choses irrésistibles !
Ne les écoutez pas si vous ne voulez succomber. Qu'elles aiment ou qu'elles n'aiment pas,
il faut les croire, il faut périr. Quand un enfant
ne peut dormir, elles le bercent une ou deux

fois et elles l'endorment. Quand un homme
leur oppose sa vertu ou les mate de son génie,
voilà qu'elles en font comme de l'enfant. Sommeil qu'elles surveillent avec des yeux moqueurs,
les habiles fées! mais qui n'a pas toujours cent
ans; car la perfidie a beau être profonde, il ne
faut qu'un mouvement de paupières pour la
dévoiler.

Le langage de madame de Scudemor aurait
appartenu à cette science redoutable qu'ont
toutes les femmes quand elles veulent s'en servir, qu'il en eût été le plus subtil raffinement;
artifice consommé, si c'était un artifice. Elle
ne lui disait pas un mot qui ne fût de l'amour
plus délicatement exprimé que si elle lui avait
dit : « Je t'aime! » épreuve où viennent se déchirer bien des impostures, parole rebelle qu'il
ne faut pas prononcer avec imprudence, et
qui, dans une bouche menteuse, éclate comme
une arme faussée dans les mains. Des caresses
sont plus sûres, et elles en donnent avec cette
pudeur qui est un calcul sous un trouble, honte
embrâsante, ruse de qui n'a pas d'amour, et
qui le cache en enivrant celui qui finirait par
le voir.

— « Viens au balcon, viens, mon Yseult! » —

lui dit Allan, en l'entraînant par le corsage. La
nature épuisée demandait de l'air. Il suffoquait
de l'haleine de cette femme, et il voulait de
l'air pur pour aspirer de nouveau les souffles
étouffants qu'il avait dévorés jusqu'à s'en
pâmer. Et puis, quand le bonheur moral nous
tue, nous nous rejetons vivement à la vie
physique, parce qu'alors on ne voudrait pas
mourir de ce qui fait tant de bien !

Ils allèrent au balcon ensemble. Il avait besoin de la voir mieux dans la lumière, de jouir
mieux de la nudité de cet amour aux mille
émotions entrevues dans les mille obscurités de
l'appartement. Mais, au grand jour, les rougeurs
avaient fui. C'était le visage pâle et tranquille
d'Yseult ; l'œil n'était pas plus humide que
d'ordinaire. Seulement, l'amour était resté dans
le sourire assez pour consoler de ce qu'il ne se
montrât plus ailleurs.

Ils restèrent sans parler, debout, appuyés
sur la rampe. Le marais était désert au loin ;
car c'était un dimanche, pendant les vêpres,
heure où les campagnes sont le moins traversées et où tout semble mis sous la garde de ce
saint jour. Un vent du sud faisait frissonner les
herbes et les eaux du marais. Il faisait doux

dans les couleurs comme dans l'air, comme dans les bruits. Avez-vous vu de ces femmes, au languir mol et indécis, qui ont des yeux sans étincelles, à moitié fermés, et une bouche à moitié ouverte et souriante, volupté pressentie ou souvenue? C'était la nature, ce jour-là. Une mousseline de vapeurs blanches voilait le soleil, et, devenant de plus en plus gaze aux autres espaces du ciel, en adoucissait le bleu de turquoise mat et pâle. Allan savourait cet enthousiasme intime qui ne déborde pas, quoique l'amour vienne d'y être versé à longs flots. Il regardait, dans le miroir de son âme, cet autre amour qui se souriait à lui-même. Il était silencieux comme un homme qui goûte la douceur d'un fruit, perdu dans une extatique béatitude. Elle le regardait sous ses couveuses paupières, comme un Dieu qui jouirait de la félicité de l'un de ses Élus.

— « Yseult, dis-moi donc que tu m'aimes, pour m'avertir que je ne rêve pas! — lui murmura-t-il, en sortant de son adoration intérieure.

— Ne le sais-tu pas? — lui répondit-elle. — Aujourd'hui, n'est-ce pas le rachat de toutes les souffrances endurées par toi, et, pour tous les deux, le commencement d'une vie nouvelle?...

— Oui! mais pas ainsi, — reprit-il, avec une instance qui ressemblait à une fatalité. — Tu ne me l'as pas dit encore! Dis-moi : « Je t'aime! » Et puis, que je vive ou que je meure, je n'aurai pas rêvé, je n'aurai pas pu me méprendre; je l'aurai entendu réellement, distinctement, de cette bouche que j'adore! Dis-moi seulement : « Je t'aime! » Le veux-tu?... »

L'altération revint sur les traits d'Yseult mais n'y resta pas. Sa conscience avait-elle peur de l'épreuve, ou vraiment l'amour, dont les développements sont si souvent inattendus, l'avait-il reprise? Son sourire devint plus suave que jamais, et d'une voix troublée, comme celle d'un être qui craint et obéit, elle répéta timidement : « *Je t'aime!* »

Allan lui darda deux yeux pleins de l'illumination d'une pensée soudaine, mais les siens restèrent fixes, sous ces deux flèches de flamme qui s'y plongeaient et qui ne déchirèrent pas le voile intérieur dont les rayons caressants étaient voilés.

— « Je t'aime! » — répéta-t-elle avec insistance, en le voyant sous le magnétisme de son

regard, et sa voix n'était plus qu'un gazouille-
ment confus, aérien, un soupir — le plus pur
soupir — en deux syllabes indécises.

— « Vous mentez ! » — s'écria Allan, frappé
de cette intuition formidable sûre comme la vie,
comme l'air qu'on respire et comme l'être, et
qui unifie l'homme à Dieu. La femme comprit
qu'un sentiment vrai terrassait l'hypocrisie d'un
masque de voix, de regard, de caresses, plus
impénétrable qu'un masque de fer ; singerie
infernale ou divine, à laquelle une dupe échappait. Ce fut horrible !... La menterie n'aboutissait qu'à une déception pour lui, une injure
pour elle, et, toute brisée, elle courba la tête
sous son néant.

— « C'est faux ! Vous ne m'aimez pas ! —
poursuivit-il en tremblant et en devenant ver-
dâtre. — Mais que vous ai-je donc fait, Madame, pour que vous me broyiez le cœur dans
ces jeux cruels ? Tu m'as trompé, Yseult, et tu
t'es avilie ! Tu as menti ! »

Une rage effrénée le rendait insensé. Il la
poussait contre la rampe en fer du balcon,
comme s'il avait voulu l'en précipiter. S'il avait
eu une arme dans les mains, il l'aurait tuée,
tant sa fureur était terrible ! Il voulait se venger

et ne pouvait pas... Et, dans cette impuissance
absolue d'infliger une douleur inouïe qui nous
fait courir au mépris, il lui cracha à la figure.

— « C'est vrai! — dit-elle, en relevant son
noble front, sur lequel le crachat resta sans
qu'elle pensât à en essuyer la trace.—C'est vrai!
j'ai menti, je me suis avilie. Si j'avais été une
coquette, une de ces femmes de vanité qui
font croire qu'elles vivent parce qu'elles savent
sourire, j'aurais peut-être réussi à mieux vous
tromper. Mais votre mauvais génie, Allan, vous
a fait voir clair à travers mes artifices! Car tous
les hommes devaient s'y méprendre. Je mentais si bien! Je mentais à des profondeurs si
prodigieuses! Je le croyais, du moins, à mes
effroyables efforts! Je n'ai pas eu, tantôt, sur
vos genoux, un geste, un soupir qui ne fût une
combinaison atroce. Je me défiais tant de moi-
même, que je calculais toutes mes caresses. Si
je baissais les yeux, c'est que j'y appelais vainement des larmes, et j'avais soin de réchauffer
mes lèvres dans vos larmes, pour que vous ne
les reconnussiez pas! La première sotte venue,
qui fait la chatte sur son canapé, n'a qu'à
mettre un peu de mignardise dans sa voix, et
elle inonde de bonheur un cœur amoureux

avec l'impudente moquerie de ses paroles.
Que suis-je donc, moi, pour n'avoir pas pu ce
que peuvent si souvent l'effronterie et la mala-
dresse?... »

Ce calme qui la maîtrisait toujours, mais qui
avait, à ce moment, une physionomie si surhu-
mainement éclatante, tomba sur la colère
d'Allan comme un morceau de glace sur un
cœur dilaté par l'anévrisme.

— « Vous m'insultez une fois de plus, et
d'une façon plus sanglante que les autres fois!
— reprit-elle avec une haute tristesse. — Voilà
ce que j'ai recueilli pour m'être ployée jusqu'à
la bassesse de la feinte, tandis que les autres
femmes ont des hommes à leurs genoux et des
couronnes de gloire à la tête pour prix de
leurs égoïstes impostures. Et ce n'est pas cela
qui m'humilie, — ajouta-t-elle, en désignant
du doigt l'impur crachat, sous lequel son front
rayonnait plus beau, pour les âmes qui l'auraient comprise, que sous une étoile de dia-
mant; — ce ne serait pas plus sur la fierté
que sur l'amour que je pleurerais, si j'avais
encore des pleurs à répandre! Mais je sens ici
— et elle mit la main sur sa poitrine — l'impuissance, la radicale impuissance qui est en

moi, et l'avortement de mon dernier sacrifice. »

Et cette dernière angoisse acceptée sans
horreur ni dégoût la rendait plus grande
qu'elle n'avait jamais paru à Allan, et c'est
cette grandeur qui tua sa colère. Il se sentait
un remords dans l'âme, — pis qu'un remords,
une honte cuisante de l'insultant emportement
dont il s'était rendu coupable. Il ne pleura pas,
il ne tomba pas à genoux devant Yseult, il ne
lui demanda pas pardon le front sur le pavé ;
car une voix intérieure lui soufflait que l'affront
était irréparable. Il resta les yeux dans la poussière, — et l'âme aussi, — sous le poids d'une
horrible et inénarrable confusion.

— « Vous n'avez pas été assez pénétrant encore, Allan ! — reprit-elle. — Vous avez bien
vu qu'il y avait un masque, mais vous n'avez
pas vu ce qui était dessous... — Et comme
elle soupçonnait le supplice que la conscience
de son action lâche et féroce infligeait à ce
cœur nativement généreux : — N'est-ce pas, —
ajouta-t-elle, divine tentative de le réconcilier
avec lui-même, — que votre injure était une
erreur, une méprise, et qu'elle ne s'adressait
pas à moi ?... »

Et du bout de son écharpe elle allait balayer à son front l'ignoble vestige de la fureur d'Allan, mais lui l'arrêta par le bras :

— « Laisse-le encore ! — vibra-t-il. — Laisse-le là ! pour que la honte de l'y voir m'étouffe et que j'expie ainsi mon crime envers toi.

— Cela ressemblerait trop à une vengeance, » — fit-elle. Et elle accomplit le mouvement qu'Allan avait suspendu. Il y a une bonté au-dessus des miséricordes du pardon, mais elle empêche toutes les absolutions du repentir. Les pleurs d'attendrissement d'Allan à ce trait d'une bonté céleste ne l'innocentaient pas à ses propres yeux.

Par une délicatesse admirable, qu'apprécieront seules les âmes d'élite, les êtres qui comprennent les exquises misères de nos cœurs, elle s'éloigna et le laissa seul au balcon. Elle retourna s'asseoir devant le piano, dans le fond de l'appartement. Elle dont la douleur ne respectait pas la lassitude, elle était défaite, ce jour-là, comme si ç'avait été son début dans la peine, son premier choc contre ce qui brise, la première larme du pleur éternel de la vie !

Hélas ! c'est que, comme elle l'avait dit à Allan, elle avait conscience qu'elle ne pou-

vait rien, pas même feindre, sans que l'Ari-
mane de sa destinée ne vînt donner un démenti flagrant à ses efforts de dissimulation et
d'habileté. C'est qu'elle n'aimait pas Allan et
qu'elle n'avait pas pu l'abuser par les apparences de l'amour. C'est que, chétive actrice,
malgré l'énergie de sa volonté et sa fascination
de femme, elle n'avait pu s'identifier avec un
rôle dont l'humiliation avait été comptée pour
rien devant l'espérance du succès. C'est que la
Pitié toujours obéie lui restait encore, mais
sans une ressource ; pitié qui s'était prise à
tout et à qui tout avait manqué, qui retombait
une dernière fois sur elle-même, mais que cette
chute au fond du désespoir brisait un peu plus,
et ne faisait pas mourir !

XXII

MADAME de Scudemor avait repris
son impassibilité, mais elle était
accentuée d'une tristesse encore
plus déprise que de coutume. Sa
vie et celle d'Allan étaient rentrées dans le lit
où elles coulaient, distinctes et réunies. Mais,
pour ces deux existences, l'une dans l'autre sans
se mêler jamais, il n'y avait que deux Océans
amers, il n'y avait pas de douce Aréthuse ! Depuis qu'elle avait manqué de réaliser son beau
poème de machiavélisme, la dernière tentative
de sa pitié inconsolable, madame de Scude-

mor s'était résignée... si ce parti-pris sur soi-
même, d'une réalité d'impossible sèche et irrévocable, peut s'appeler du nom presque religieux
de résignation.

Allan l'aimait, à présent, du sentiment de tous
ses torts vis-à-vis d'elle. Il ne se croyait plus le
droit d'une plainte. Il acceptait, comme pour
se laver à ses propres yeux, le malheur contre
lequel il s'était sans cesse brisé le cœur. « Il ne
faut pas souffrir à demi », a dit quelqu'un.
D'abord la douleur irrite, puis elle endurcit;
mais, à force de souffrir, on s'améliore. L'ana-
nas ne mûrit que sous un soleil qui corrode,
et l'orange resterait acide si le ciel était toujours
doux. Ce qu'on a beaucoup moins observé,
peut-être, c'est que rien, dans une âme droite
et noble, n'est perfectionnant comme un tort.
Les natures qui n'ont jamais failli, sans répara-
tion vis-à-vis d'elles-mêmes et des autres, n'ont
pas la vitesse de bien faire de celles qui trébu-
chèrent une fois. Allan valut mieux depuis qu'il
eut été si coupable, — et le sentiment de son
reproche intérieur fut une purification de son
amour.

Il lui en parlait souvent, et il entremêlait ce
qu'il lui disait de pardons demandés et accor-

dés toujours. Son amour ne perdait plus maintenant son respect dans les familiarités de la
passion. Cet homme renouvelé, mais non
changé, n'osait même plus la caresse. Il était
devenu, de possesseur, amant; de maître, esclave; quoiqu'elle ne fût pas plus reine que
jamais. Les portes restaient fermées la nuit. Nul
pas ne s'entendait dans les vestibules. Et les
faits du mariage — cette indécence, quand ce
n'est pas une sainteté, — n'accusaient plus la
mésalliance de ces deux cœurs. Cela devait-il
durer longtemps ?... Est-il vrai que l'homme
vive mieux de ses désirs quand il ne les a pas
apaisés ?... Allan verrait-il son amour rongé par
le repentir comme par une maladie lente? Et qui
devait succomber dans la lutte, de la passion
ou bien du remords?... Ah ! lorsque vous l'a-
vez acclimatée en vous, cette passion dangereuse, elle ne meurt plus que de sa belle mort,
et — à la confusion de la nature humaine ! —
le remords vigoureux, acharné, jeune quand on
la croyait vieillie, meurt le premier sous les
habitudes de cette passion invétérée, comme
sous les embrassements visqueux d'un polype...

Yseult ne l'ignorait pas. Cet œil de faucon
qu'elle avait au cœur, avait pénétré tous

les repentirs d'Allan. Elle les jugeait, et s'ils
n'avaient pas accusé une douleur, elle les eût
méprisés sans doute. Mais, quelque grande
qu'elle fût, elle était femme, et parce qu'elle
était femme, elle avait encore des entrailles.
Aussi, quand Allan, à cette phase de son amour,
se montrait sous un aspect plus désintéressé,
la charitable remordait son mépris sur ses lèvres
et n'avait plus que de douces et tristes paroles
pour l'enthousiasme d'Allan, ce jeu d'enfant
dont on se prend à rire, quand on ne peut plus
en pleurer !

— « Yseult, — lui disait-il quelquefois, — je
ne sais plus ce que je te suis ! Je t'admire davantage et je ne t'en adore pas moins... Tu as
atteint le plus escarpé de ton Calvaire quand
tu as senti le vide de ton dernier sacrifice, quand
tu t'es vue abandonnée, non pas seulement de
Dieu, mais de toi-même, et que ta volonté mourait frappée dans une intention sublime, retour-
née contre toi avec l'injure brutale, en sus, que
j'y ajoutais. O Yseult ! il a dû t'en coûter, à toi
que le monde n'avait pas pliée à ses lois hypocrites et qui étais restée sincère, il a dû t'en
coûter de te dépouiller de cette fierté gardée
comme un trésor pour les derniers jours de la

vie, — de la vie, cette immense pauvreté dont le
bout est la mort !... Mais n'est-ce pas là, Yseult,
ce qui te fait plus grande à mes yeux que si tu
étais demeurée sincère ?... »

Elle ne répondait pas, mais elle pensait que
l'admiration d'Allan ne remplaçait pas ce qu'elle
avait perdu pour lui. Elle ne pouvait s'empêcher de rougir au dedans d'elle-même de
cette souillure plus que de toutes les autres ;
car être demeurée sincère vaut mieux que de
n'avoir pas cessé d'être chaste. Du moins avait-
elle la fortitude de cette opinion.

— « Et mon admiration pour toi — continuait
le brave jeune homme — m'a appris à ne plus
chercher dans mon amour que l'amour même,
et non plus le bonheur, auquel il faut renoncer.
Je t'aime pour t'aimer, et non pour être heureux ! L'amour, quand il est comme le mien,
ne sollicite plus un échange. Il n'en a plus besoin. Ou s'il en a besoin, manquer de cet
échange ne l'éteint pas. »

Et ce dernier mot de l'amour d'Allan est le
dernier mot de l'amour des hommes. C'est la
honteuse ou glorieuse tentative du mysticisme,
— quand il n'est pas religieux, — que cette impuissance désavouée et maudite de la sensa-

tion à sortir d'elle-même. Mais ce repliement désespéré de la passion, cette abdication du bonheur, qui n'est, hélas! qu'une inconséquence avec la nature même de l'amour, n'abusaient pas la triste Yseult. A ces promesses purifiées, à ces nobles paroles de l'homme qui l'aimait assez pour ne plus rien lui demander au nom d'un amour qui se suffisait, elle hochait la tête et répondait l'incrédule : *Vous croyez?* lent et presque distrait qui tombe mollement des lèvres et qui écrase ; — car c'est souvent toute la supériorité de celui qui sait sur celui qui croit, et la compassion pour une illusion fragile qu'on n'a pas le courage de détruire... Elle gardait dans son cœur la conviction que l'amour pur était une amère illusion, incompréhensible à l'intelligence, irréalisable à la sensibilité. Peut-être, elle aussi, avait-elle voulu autrefois soutenir la lassitude de son âme avec cette idée, grande de tout le désespoir de n'être pas heureux, mais qui n'est pas à hauteur de main d'homme dans la réalité des choses, et se rappelait-elle ses vieux déboires quand elle s'était aperçue que toute cette prétention à la force ne cache qu'une affreuse faiblesse? La nature humaine s'use autant par le sacrifice que par la jouissance, et quand c'est par sensibilité qu'on se dévoue, les plus beaux dévouements crèvent en chemin. Or, chose cruelle ! ils ne sont pas encore impossibles qu'on ne croit déjà plus à leur vertu.

Le voyage d'Italie était décidé. Ils devaient partir quand les premiers froids arriveraient. Les martins-pêcheurs du marais étaient envolés, et les feuilles, qui tombent plus tard en Normandie qu'ailleurs, commençaient de tomber des branches pâles des saules. Encore quelques jours, et il n'y aurait plus personne dans ce château abandonné.

Les derniers jours qu'ils y passèrent ne furent marqués par rien de nouveau dans leurs habitudes. Allan, dont l'amour, en augmentant d'ardeur, avait subi tant de modifications différentes, ne voyait toujours que madame de Scudemor. Camille ne montrait aucun ressentiment de l'abandon de son jeune compagnon d'enfance ; elle était sérieuse au point de faire croire qu'elle n'avait pas besoin d'être résignée. Quant à Yseult, elle contrastait avec ces deux plus jeunes physionomies, dans l'une desquelles la douleur mettait son expression déchirante ou abattue, tandis que, dans l'autre,

les joies insoucieuses du premier âge se reti-
raient peu à peu, comme l'eau pure et fraîche
s'écoule du bassin tari de nos jardins, à l'approche des jours de l'été. Ainsi, entre ce
qui était nuage et tempête, trouble naissant et
passion consumante, madame de Scudemor,
elle, ressemblait en grandeur et en repos aux
lignes de ces vastes et ennuyés horizons
romains du pays qu'elle allait visiter.

Avec quels sentiments ces trois personnes
voyaient-elles venir le moment où elles quitte-
raient Les Saules?... Pour madame de Scudemor, ce voyage et ce départ n'étaient qu'un
accident ordinaire. Pèlerine du monde comme
de la vie, elle connaissait trop l'Italie, où elle
avait vécu des années, pour prendre le moindre intérêt à ce voyage. Quoiqu'elle n'y fût
pas née, cependant ses premières sensations
en avaient fait sa patrie; mais elle n'avait
jamais connu ce doux amour de la patrie qui
survit à toutes les espérances et à tous les bonheurs perdus, dans les âmes plus tendres que
la sienne. Elle n'avait jamais habité que son
cœur. L'accuseriez-vous de sécheresse? Vous
ne savez donc pas que l'amour dont elle était
privée se compose de tout ce qu'il y a de plus

frais dans les premières images de l'existence,
et de plus lointain dans les souvenirs? Pour
peu que le vent froid de la vie ait soufflé, il
emporte tous ces pastels! Nature dont la
poésie s'en était allée, âme qui s'était retirée
des choses, le monde n'était plus un alphabet
merveilleux pour elle. Elle ne s'informait pas
sur quelles bruyères en fleurs ou sur quelles
collines l'air qu'elle respirait avait passé. Questions rêveuses de la jeunesse, elle vous avait
oubliées! Beautés charmantes répandues dans
l'univers qui nous entoure, vous n'existiez pas
plus pour cette femme que la beauté d'Allan
elle-même, à laquelle elle n'accorda jamais le
regard caressant d'une contemplation momen-
tanée! Aveugle d'une espèce étrange, qui ne
demandait pas la lumière, il aurait fallu quelque nouvel éphéta de Dieu pour lui r'ouvrir le
monde perdu. Allan devait l'apprendre plus
tard, quoique, déjà, elle l'eût averti de sa misère, lui qui, des cimes de la Terre et de
l'Océan avec elle, au sein des jours italiens et
des nuits italiennes, ne retrouva jamais dans
ce bronze, muet à toutes les aurores comme à
tous les crépuscules, un accord déchiré en
débris, le son arraché d'un accord de la

harpe éolienne que les poètes ont dans la poitrine, et qui répand, de toutes ses cordes
agitées, des résonnances vastes et pures comme
l'air qui les fait vibrer! Il devait apprendre
plus tard que partout où il emporterait cette
malheureuse Yseult pour la faire vivre une
seconde de sa vie d'émotions, d'hymnes et de
larmes, la nature ne la réchaufferait pas plus
que son amour, cette créature de cendre froi-
die, et qu'il ressemblerait à ce fils d'Achille
qui traînait par les cheveux, au tombeau de
son père, la vierge de Troie. Hélas! plus malheureux encore; car le guerrier antique avait
beau frapper le sein nud du pommeau du glaive,
l'avenir n'en sortait pas et du moins le silence
vengeait la prêtresse; mais lui, Allan, quel
sein outrageait-il alors, pour que rien ne
répondît à ses cris?

Perdu dans le moment présent, Allan n'imaginait pas que l'Italie pût le distraire de ses
douloureuses préoccupations. Il croyait à la
durée de son amour comme à son intensité. Il
n'avait jamais aimé que madame de Scudemor;
il avait la foi que tout premier amour a en
soi-même. S'il ne mourait pas de sa blessure,
du moins la garderait-il longtemps pour en

souffrir. Sans la circonstance de son amour, le
voyage projeté eût été pour lui l'occasion de
mille rêves et de mille jouissances. Qui fut
poétique sans avoir songé de l'Italie ? Ah! c'est
fatal d'aimer ce pays, puisque, si vulgaire que
ce soit, nul être distingué ne peut s'en défendre! Mais Allan ne soupçonnait pas qu'il y
eût dans la beauté du ciel un dictame pour
les maux du cœur. Il avait dit vrai à madame
de Scudemor. Elle l'avait si prodigieusement
absorbé en elle, que rien de sa vie et de sa
pensée ne devait franchir les bornes de cette
femme, devenue tout son univers.

Il le croyait, et en ceci il se trompait,
Allan, comme en bien des choses! L'amour
est plus intelligent que stupide. Il ne passe pas
toujours une éponge sur le monde et ne l'efface pas comme une arabesque. Bien souvent,
il fait le contraire; il le pare de ses rayonne-
ments ou l'ombre de toutes ses tristesses. Sans
l'amour, la nature serait comme de l'eau sans
un ciel au-dessus. Si la femme aimée, ce
splendide microscome, engloutit tout dans son
sein mortel, c'est pour nous rendre tout plus
grand et plus beau. Elle idéalise la création,
cette forte et grandiose ébauche que Dieu

nous jeta pour l'achever. On ne se retire au
fond de soi de manière à ce que rien du
dehors n'y pénètre, que quand l'amour n'existe
plus, — que quand on est arrivé, comme
madame de Scudemor, non pas simplement à
la fin d'un sentiment d'amour, mais à la perte
de la faculté par laquelle on aime. Tout le
temps que cette faculté n'est pas entièrement
épuisée, l'amour est bien plus l'interprétation
vivante de la lettre morte du monde que sa
rature. Et la dernière promenade d'Allan dans
le petit bois des Saules n'aurait-elle pas dû le
lui prouver?...

C'était une soirée, — et pourtant il n'était que
quatre heures, — une soirée automnale, froide
et humide. Les feuilles restées aux arbres du
petit bois étaient jaunes, et le soleil, jaune
aussi, se couchait, dans un ciel lavé sans couleur. Les sentiers tortillés du petit bois s'em-
plissaient des feuillages flétris tombés sous les
premières pluies de l'automne. On n'entendait
plus aucun oiseau, et les syringas aux parfums
acérés étaient morts. Allan marchait seul sous
les branchages. C'était d'instinct qu'il s'en
était allé, une fois encore, avant de quitter,
pour longtemps peut-être, Les Saules, vers le

petit bois où elle lui avait raconté son histoire
et où il avait commencé de connaître cette
grande femme, inconnue du monde, et qu'il
aimait avec un tel tremblement. De cette nuit
effroyable dont il était devenu fou et avait bien
manqué mourir, que restait-il maintenant au
bois dépouillé? Rien de son mystère et de ses
parfums. Le rossignol ne chantait plus dans le
lointain, et tout était parti, excepté ce douloureux amour qui n'avait point passé si vite.
Il se promenait dans les sentiers avec un sentiment d'inexprimable mélancolie, comme s'il
recevait de ce lieu consacré par la mémoire
d'une nuit cruelle, une impression de tristesse dont il ne pouvait se défendre. Arrivé en
face de ce banc rustique sur lequel Yseult
s'était assise et l'avait fait asseoir à côté d'elle,
il s'abîma dans une contemplation profonde.
Il se demanda combien plus triste, lui parti,
serait dans sa pensée cette place vide, où personne ne viendrait plus s'asseoir...

Dans la superstition de ses regrets, il alla
jusqu'à prendre le long des sentiers une poi-
gnée de feuilles mouillées et ternies, et il les
mit, avec un recueillement presque religieux,
dans sa poitrine, assez brûlante pour les

sécher. Puis il sortit du *petit bois*, chassé par
une voix qu'il avait entendue.

Camille devait être tout près. Il la trouva,
en effet, sur la terrasse à laquelle le petit bois
aboutissait. Elle était plus heureuse que lui de
ce départ pour l'Italie, quoique son bonheur
n'eût pas le caractère bruyant et exalté de
ses joies de naguères. Elle était assise sur le
mur à hauteur d'appui de la terrasse, tête nue
à l'air piquant des brises de l'automne et du
soir, un bras appuyé sur un de ces vases de
granit vide où l'eau des pluies était restée et
où l'oiseau qui passait s'arrêtait parfois pour y
boire. Elle regardait, de là, dans le marais qui
s'allongeait et dont les flaques d'eau avaient
déjà grandi sous l'action des premières pluies
de la saison. Sa simple robe grise, ses cheveux
en *coup de vent,* sa pose inclinée et pensive, la
faisaient mélodieusement ressortir sur le fond de
cet horizon sans nuage et d'une teinte indé-
terminée et limpide. Allan, en la voyant ainsi,
s'approcha du mur et suivit la direction des
yeux de la jeune fille. Ils étaient fixés sur un
goëland égaré qui s'en retournait à la mer;
car la côte n'est pas loin de là.

— « Voyez-vous ! — dit-elle, en désignant l'oi-

seau du doigt et comme si elle eût continué
tout haut sa pensée, — il pourrait être ce soir
en Italie, s'il voulait.

— L'Italie vous préoccupe donc beaucoup,
— lui demanda Allan, — et vous seriez donc
bien aise de vous en aller d'ici?...

— Oh! oui, — répondit-elle, avec une naï-
veté charmante. — Vous ne savez pas comme
je m'ennuie ici maintenant! »

L'expression avec laquelle elle dit cela faisait mal, de souffrance cachée et trahie. Cette
expression poignante de douceur, Allan ne la
lui connaissait pas. Sous l'impression qu'il en
reçut :

— « Pourquoi s'ennuyer?... — reprit-il,
avec un accent compatissant dans la voix.

— Pourquoi? Oh! pourquoi?... » — répéta-
t-elle, les yeux baissés. On voyait qu'elle était
soulagée par la question inaccoutumée d'Allan, mais elle n'osait y répondre. Si l'indifférent
Allan avait insisté davantage, peut-être ce
qu'elle avait dans son pauvre cœur eût-il
échappé à ses efforts pour le retenir. Mais au
second *pourquoi*, Allan était déjà parti, ayant
aperçu madame de Scudemor à l'extrémité de
la terrasse. L'enfant laissée là oublia le blanc

oiseau qui s'évanouissait à l'Occident et posa son front contre le vase de granit vide... Et si une larme coula de tant d'insouciance, elle ne coula pas à la clarté du ciel.

FIN DU PREMIER VOLUME

Paris. — Imp. A. Lemerre, 25, rue des Grands-Augustins.

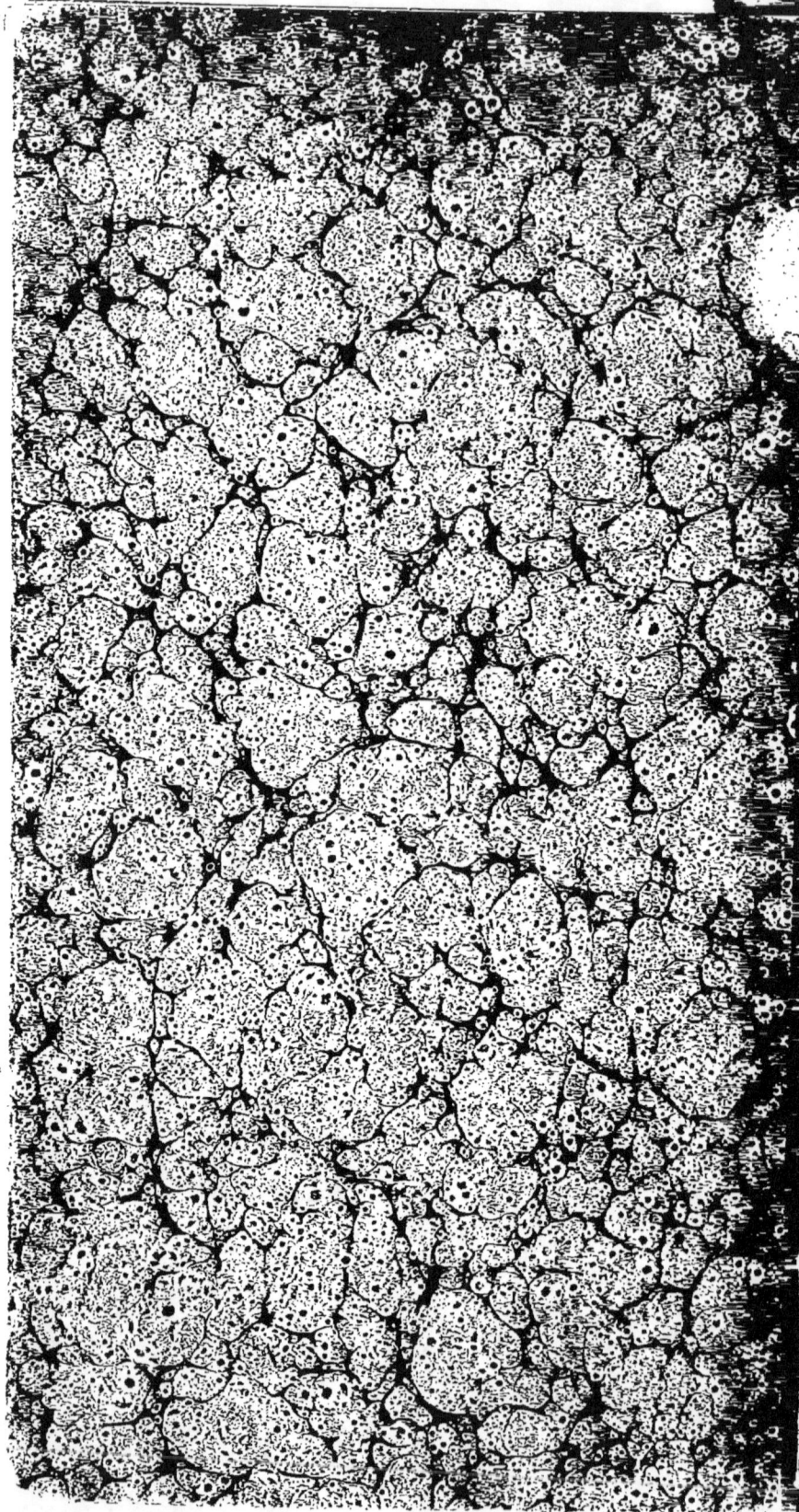

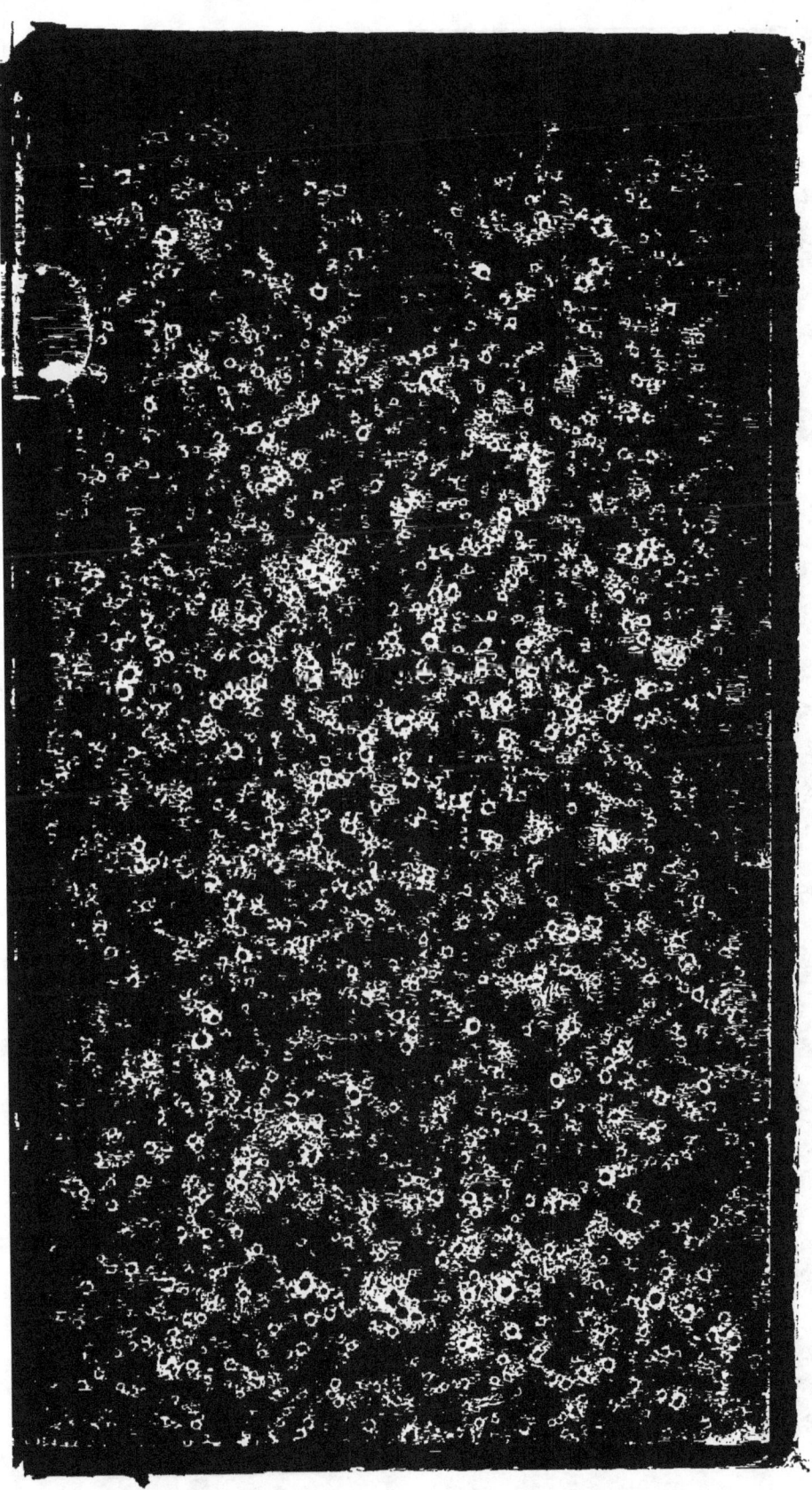

www.ingramcontent.com/pod-product-compliance
Lightning Source LLC
Chambersburg PA
CBHW050157030726
47505CB00005B/1410